U0107627

刘名修 ◎ 著

二十四节气

观鸟笔记

中国石化出版社
·北京·

序言

名修从小好奇心十足，孜孜不倦观察身边的自然事物，哪怕一只小小的蚂蚁，她也看得饶有兴味，入了神。她身上这一份和自然紧密联结的情愫，我觉得蛮好。

渐渐长大，她对大自然的关注升级，投入的热情越发浓厚，她沉醉于观察，并积极揣摩其中意义，引发更深远的思考。很快，她找到了自己的兴趣专注点——观鸟。

当她告诉我，要围绕二十四节气，对我们所在的城市及周边进行为期一年的鸟类观察时，我感到任务艰巨。我不是担心她的毅力，而是正处在学业繁重期，时间尤为紧迫。在分秒必争的日子，她需要在完成各门功课的同时，匀出时间一步一步实现自己的计划。

《二十四节气观鸟笔记》初稿如约交到我手中，我一边看一边感叹"锲而不舍，金石可镂"。为她的坚持而感动。一页页翻阅，她在早春冒雨寻访候鸟，即使冻得浑身发抖，仍兴致盎然；为了守候某种鸟儿，可以化身"木头人"，静静等待一个多小时；长年热心公益活动的她，将对弱势群体的关怀绵延，时时流露对鸟类命运的忧思；为了解节气传统，她埋首读书，查找资料，在灯下勤做笔记……名修常常与我分享她的观察趣闻和读书心得，也透露未来的志向和追求，当我的目光跟随这些文字行走，她可爱执着的模样儿扑面而来，令我欣慰不已。

名修从小习画、练书法，观摩、描画、书写，她总能从烦琐的日常中沉静下来，享受笔墨纸砚带来的静谧和悠闲，这是"一静"；后来，她醉心观察，在一场场大自然的视觉盛宴中，得到心灵的滋养，并从中获取源源不断奔赴自然的动力，这是"一动"。"一静"和"一动"的结合，她的怀抱放大，视野拓宽，流露笔端的，是一幅幅灵活生动、富有神韵的花鸟图。

名修忠实地记录自己的观察，并一笔一画为部分美妙的生灵作画，这些美好而珍贵的时光，沉淀下来，结集成《二十四节气观鸟笔记》这本小书。

古籍有云"行百里者半九十"，追梦的旅途漫长而又艰辛，需要勇往直前的魄力和披荆斩棘的勇气。名修才刚刚起步，未来可期，希望她能不忘初心，坚定自己的方向，朝着热爱和理想，奋力前行。

中国工程院机械与运载学部、工程管理学部双院士

前言

我从小喜欢大自然，一草一木、一虫一鸟，都能让我沉浸其中，流连忘返。然而身居城市，举目处处钢筋水泥森林，自然似乎离我们很远。我在不断寻觅与自然的联结中，蓦然发现，纵然碧水青山难寻，但在广袤天空中翱翔的飞鸟却易见。

飞鸟无界，是大自然最好的使者。从此，我与飞羽，结下了不解之缘，从观察中收获满足，从相机和画笔下得到升华。我珍视这些美好生灵给自己带来的心灵慰藉，也渐渐明白它们对这座城市的非凡意义。

一年四季，二十四节气，候鸟来了又去，往返如潮，令人不禁思考气候、环境和鸟儿的关系。小鸟或许是用生命给生态环境投票的，哪里环境好，它们就会去哪里栖息、觅食。我以脚下这座城市为据点，开启了长达一年多的漫漫探寻、观察。从滨海湿地，到城市公园，从稻田果园，到郊野山林，纵使学业繁重，纵使疫情侵袭，依然挤出宝贵的时间，克服重重困难，毅然投奔自然，做最忠实诚心的记录者。

一遍遍辨识外形、聆听鸟声，系统研学鸟的分类，了解鸟的习性，阅读鸟儿的过去与现状。当你认识了一种鸟类，它便在你心中有了名字，就不再是普通的"小鸟"，而会成为你的朋友。当你了解了一种鸟类的过去，它在你心中便不只是朋友，而是伴随我们一路走来，共同经历风风雨雨，值得尊重和信任的伙伴。

鸟类自古以来就与人类息息相关，无论衣食住行都离不开它们的身影。早在先人茹毛饮血的时代，便学会了用羽毛做服饰来驱寒取暖，驯化鸟类成为家禽以果腹充饥，豢养猛禽、鸬鹚等帮助狩猎，参考鸟类筑巢的方式来建造房屋，观察游禽浮水的原理来征服大海，甚至解析鸟类飞行的秘密而翱翔天空。因此，鸟类可能是动物中与人类关系最密切的生物，全程参与了人类的发展。

尤其在我国，追溯五千年的中华文明，上至商周时代就诞生了很多关于鸟类的记载，比如，我们熟知的二十四节气和七十二候，里面涉及最多的动物就是鸟类。说明上古先民就已掌握了大量鸟类的习性和分布方面的知识，对我们现代人了解古时鸟类的习性和分布规律，探索鸟类与人类的和谐共处，以及如何更好地保护鸟类都会有所助益。

因此，我将广州地区一年四季、二十四节气、七十二候所观察到的鸟类进行详细的记录和统计，再与古时的文献记载如《月令七十二候集解》《咏廿四气诗》《淮南子·天文训》《逸周书·时训解》等一一比对，着重探索鸟类与传统节气文化、农耕文化之间的关系。挖掘诸如黄鹂报春、戴胜劝桑、伯劳报夏、鸿雁报秋等与节气、农耕有关的规律，整理成文，从一个跨越古今的维度和传统文化的角度，以及一个观鸟爱好者的视角，向广大读者介绍鸟类的知识、鸟类与人类的关系以及保护鸟类的重要性，共同守护我们美好的家园。

寻觅从这里开始

目录

CONTENS

立春 · 紅嘴相思 · 櫻花

日期：2022 年 2 月 6 日

地点：广州华南国家植物园

天气：阴，12℃

左图 红嘴相思鸟

立春·观鸟

立春

是中国传统二十四节气之首，意味着万物复苏，新的轮回开始。古语有云："立春，正月节。立，建始也，五行之气往者过来者续于此，而春木之气始至，故谓之立也。立夏、秋、冬同。"立春标志着白雪皑皑的冬季已经过去，温暖湿润、万物萌发的春季已经来临。在传统观念中，有欣欣向荣的吉祥之意。北京冬奥会开幕式就定在立春这天，正是向全世界表明咱们中国人尊重传统、爱好和平，也有期盼人类战胜新冠疫情的寓意。

在细说立春之前，我们先来了解一下"二十四节气"的由来。这还要从公元前一千多年的商周时代就已成型的基本国策"以农为本"说起。当时由于受到自然环境、气候条件、落后生产力等影响，古人在进行农耕活动的时候，会出现各种困难，尤其遇到天灾人祸时，甚至会出现颗粒无收的困境。这就使得古人为了生存，不得不想尽办法观察和适应自然环境的变化规律。经过上千年的不断摸索和完善，最终被完整、科学地记载于西汉时期淮南王刘安编著的《淮南子·天文训》。二十四节气是根据北斗斗柄、太阳、月亮、二十八星宿、十二月令、十二音律等运行规律，制定出来的永恒历法。于汉武帝太初元年（公元前104年）被编入《太初历》，颁行全国，正式确立了"二十四节气"以及与其相对应的天文观测结果，对我国的农耕文化发展起到了无法估量的推动作用。

"节气"的出现不仅是古代中国历法上的一次突破，同时也是"人与自然"和谐相处的关键所在。人们会根据"二十四节气"的气候变化，来安排每一年的农事活动，不对自然资源"巧取豪夺"，也尽量不破坏自然环境的平衡。这对于促进古代农业发展，提高生产力水平，使我国古代发展成为农耕文明的巅峰，都具有不可替代的重要作用。二十四节气一直沿用至今，仍然在为我国的农林畜牧、气候、环境、饮食、健康等许多行业服务，已成为中华传统文化中不可或缺的部分，甚至被誉为中华民族的"第五大发明"，足见其重要性。

在"二十四节气"的基础上，古人又将每一个节气划分为三候，每候五天，对应不同的物候变化，形成了"七十二候"之说。其中，元代吴澄编著的《月令七十二候集解》在考证前人的基础上，比较全面地反映了古时的物候文化，为后世所熟知。

据此书记载，"立春"节气的三候分别为："一候东风解冻，二候蛰虫始振，三候鱼陟负冰。"意思就是，立春一候也就是最开始的五天，东风送暖，大地开始解冻；接下来的五天也就是立春二候，在洞中蛰居冬眠的虫子开始慢慢苏醒；最后五天也就是立春三候，河里的冰也开始融化，鱼儿们开心地到水面活动，碎冰好像被鱼儿驮着一样漂浮在水面。从这里我们可以看出，古人在节气基础上总结出来的物候变化规律，既包含了气候、水文、土壤等环境变化现象，也涵盖了动植物生长发育等生命活动特征，非常全面而且实用，对人们的生产和生活活动确实具有重要的指导作用。

说到节气和物候，还不得不提唐朝大诗人元稹的《咏廿四气诗》，因为这部诗作不但具有很高的文学价值，它还是我国最早也是最完整描写二十四节气气候、物候变化的著作之一，与《月令七十二候集解》有着异曲同工之妙。元稹是唐代著名的文学家，与白居易齐名，也是好友，同为"新乐府运动"的领导者、"元和体"的首倡者，世称前有"李杜"，后有"元白"。而且元稹在朝为官，曾官拜宰相，在位期间兴修水利，观察农桑，体恤百姓，注重民生，因此，他刊发的二十四节气诗是从指导农业生活的实际出发的，且文笔出众，获得了人民的喜爱和传播。20世纪70年代曾经从敦煌出土了两个版本的《咏廿四气诗》手抄本，可以想见古时这部著作的流传之广。下面就一起来欣赏一下元稹《咏廿四气诗·立春正月节》关于立春的描述：

> 春冬移律吕，天地换星霜。
>
> 间泮游鱼跃，和风待柳芳。
>
> 早梅迎雨水，残雪怯朝阳。
>
> 万物含新意，同欢圣日长。

诗词大意是，立春的到来，标志着冬天终于过去，春天已然降临，就好像音律从测定音调的"律管"变成了"吕管"一样，完全不一样了。天地之间好像一瞬间就物换星移，冬日的寒冷黯然离去，春日的温暖粉墨登场；你看那河面的坚冰都开始融化了，久违的鱼儿欢快地在水面嬉戏。和煦的春风轻拂着柳树，催着它快快发芽；早春的梅花迎来了沁人心脾的春雨，残雪在朝阳下加速融化；万事万物都好像重新开始，迎来新生，一起庆祝这难得的美好时光。

而对我这样一个喜欢大自然的人来说，立春更有特别的意义。因为这个季节是观赏候鸟在广州过冬的最佳时刻，去晚了，要想见它们，就要再等一年。为此，我把自己最得意的装备——长焦相机、望远镜、专业背带等都找了出来。

华南国家植物园虽然是人工环境，但是植被丰茂，生物多样性高，这里有各种鸟儿喜欢的植物和果实，而且冬季繁花盛开，加上有山水溪流，说是鸟儿的天堂也不为过，自然吸引了不少冬候鸟来此栖息。

一进大门右拐没多久，我来到一处小池塘，几只小鸟掠过水面来回低飞，一点儿也不怕人，好几次几乎擦着我的头脸飞过。我赶紧举起相机，一顿"咔嚓"狂按快门，有些鸟友来不及举相机，干脆拿起手机猛拍。仔细一看，原来打头的是一只方尾鹟，方头方脑，很萌。方尾鹟属于小型鸣禽，分布于印度至中国南方、东南亚、马来半岛及巽他群岛。性格活泼，喜欢在树枝间跳跃、捕食及追逐昆虫。它的眼睛特别有神，总是好奇地和你对视，生怕你看不到它。有时候就停在你面前几乎伸手就能碰到的树枝上，挑衅般地斜眼看你。这么胆大的小鸟，真是少见。

另一只跟着方尾鹟在水面掠飞的小家伙叫北灰鹟，也喜欢捕捉昆虫为食。但它可是正儿八经的客人，是来广州度假的冬候鸟，所以比较害羞，不敢像方尾鹟那样凑到人的跟前来。北灰鹟也属于小型鸣禽，夏季在东北亚及喜马拉雅山脉繁殖，冬季南迁至中国南部、印度、东南亚、菲律宾、苏拉威西岛及大巽他群岛。它在中国东北地区属于夏候鸟，在广东、广西、香港、云南南部属冬候鸟，在其余广大地区为旅鸟。

池边的花丛中，还有一个"采花大盗"在出没，那就是叉尾太阳鸟，据说是中国最小的鸟类。它以花蜜为食，兼爱吃小昆虫。吸取花蜜时偶尔也会像美洲的蜂鸟那样悬停在空中，故常被戏称为"中国蜂鸟"。

叉尾太阳鸟

立春·观鸟

再往前去，领队的老师通过听声发现有个大家伙在树顶高歌。我赶紧抬头，拼命仰着脖子看，原来一只五彩斑斓的大拟啄木鸟傲然地站在树顶，乍一看，那气势还真让人容易误以为是猛禽呢，而实际上它属于中型攀禽。大拟啄木鸟为留鸟，主要分布在中国南部、印度和中南半岛。看到它，我突然想起，广州的虫恐怕从冬眠中醒得太早了，才立春，离惊蛰还早，就急不可耐地出来，结果把这位给惊动了。俗话说"早起的鸟儿有虫吃"，可是早起的虫儿也容易被鸟吃呢。

　　兰花园有一个被大树遮挡的清幽小池塘，我们跟随老师兜兜转转来到此处，果然有惊喜。池面的树枝尖上有一只背部蓝色、两胁橘红的小鸟，是一只肚皮吃得滚圆的红胁蓝尾鸲，这是一种很可爱小型鸣禽。看来广州盛产美食不是浪得虚名，连红胁蓝尾鸲也吃得心满意足。红胁蓝尾鸲是食虫鸟，食物以森林害虫为主，在森林保护中具有重要意义。夏季它们在亚洲东北部及喜马拉雅山脉繁殖，冬季迁至中国南方及东南亚。它既在中国繁殖，也在中国越冬，所以在某些地方它是夏候鸟，在另一些地方却是冬候鸟。由于它长得漂亮，容易遭人捕捉作为笼养鸟或出售，应多注意保护。

红胁蓝尾鸲

接下来要介绍今天的重头戏了，这是我第一次在野外见到它，一袭蓝衣非常特别，孤傲中带着神秘，有点绝世剑客的味道。没错，它就是铜蓝鹟，一种不太常见的小型鸣禽。铜蓝鹟在云南属于留鸟，但是在福建、广东、香港等地则为冬候鸟，在其他北方地区通常为夏候鸟。铜蓝鹟的孤傲是与生俱来的，常常单独或成对活动，它不愿落地觅食，多在高大乔木或者灌木上活动。这种总在空中捕捉飞虫的习性，使得它不容易被人诱捕。但是和红胁蓝尾鸲一样，由于它也长得漂亮，而且比较稀罕，所以也容易遭人捕捉售卖。没有买卖就没有伤害，希望大家多多保护它们，也为保护我们人类赖以生存的地球环境努力。

立春·观鸟

雨水·鴛鴦·浮萍

左图 鸳鸯

雨水·观鸟

雨水

在二十四节气之中排行第二，本意是指春雨降临、冰雪消融。俗话说"春雨贵如油"，可见雨水对于农作物的萌发是多么重要，所以自古以来就是农耕文化的重要节令。进入雨水节气，北方地区可能尚未有明显的春天气息，可是南方的广州已是春意盎然。当然，别高兴得太早，雨水同样也是一年之中天气变化最大、寒潮出现最多的时节之一，忽冷忽热，乍暖还寒，就是这位性情多变的春雨姑娘最好的写照。

古人将雨水分为三候："一候獭祭鱼，二候鸿雁来，三候草木萌动。"意思是随着雨水节气的到来，头五天，你会观察到从冬眠中醒来的水獭开始捕鱼。而且水獭先生很讲究仪式感，喜欢将捕到的鱼摆在岸边"先祭后食"，所以才有獭祭鱼之说；接下来的五天，鸿雁度完寒假，开始从南方飞回北方；最后五天，在春雨的滋润中，草木开始抽芽萌发。从古人观察到的节气规律来看，鸿雁北归就发生在雨水二候，这也意味着其他冬候鸟也要陆续开始北迁回家了。

在这里需要单独介绍下雨水二候的代表性鸟类——鸿雁。这是一种雁形目鸭科雁属的大型游禽，冬候鸟，国家二级保护动物。它们喜欢在湖泊、池塘、河流、沼泽及周边活动，食性较杂，既吃草本植物的叶芽、藻类，也吃甲壳类、软体动物等。《月令七十二候集解》中记载"雨水二候鸿雁来"，本意是提醒农人趁着春雨开垦犁田，抓紧春耕，所以，可以说与中国传统农耕文化与岁时历法有着密切的关系。同时，鸿雁也是古人赞誉最多的鸟类之一，被誉为"仁义之禽"，给人以信守承诺的传书使者形象。唐代大诗人李白《千里思》中的"鸿雁向西北，因书报天涯"，杜甫《天末怀李白》中的"鸿雁几时到，江湖秋水多"，大词人李煜《清平乐·别来春半》中的"雁来音信无凭，路遥归梦难成"，均是通过鸿雁来表达异乡游子的离愁别绪和怀乡之情。

　　可惜的是，在广州，鸿雁几乎只在海珠国家湿地公园出现，而这次的观鸟目的地在朱村，是看不到鸿雁的。不过朱村是本地观鸟爱好者更常去的地方，因为那里的鸟种类更丰富，尤其是田鸟的种类，可以说冠绝广州。此时的朱村已进入春耕的准备，田里灌了水，乍一看好似一汪湖泽。黄腹鹨、树鹨、理氏鹨、小鹀、栗耳鹀、灰头鹀、金眶鸻、彩鹬、东亚石鵖、灰头麦鸡、凤头麦鸡、白鹡鸰、八哥、白头鹎、斑文鸟等鸟儿在田里奔走觅食；头顶上，猛禽红隼和黑翅鸢正在盘旋，物色着它们的午餐。虽然下着不小的雨，但是它们觅食的兴致丝毫不减。

　　可惜天公不作美，春雨姑娘今天格外淘气，非但冷得要命，而且雨越下越大，真是不当家不知柴米贵，把贵如油的春雨到处乱泼也不心疼。这可苦了我们这些观鸟爱好者了，手冻得通红发抖我能忍，可是视野一片模糊，拍出来的照片一塌糊涂，实在让人忍受不了。

　　比我们更惨的是不远处那只浑身湿透的池鹭，看着让人心疼，大雨天还要出来觅食，真想上前用毛巾帮它擦干羽毛。池鹭主要分布于孟加拉国、中国和东南亚地区，是典型的涉禽类，体形中等，喜欢活动于沼泽、田野、鱼塘、河流湖泊的浅水处，在水中蹚水行走觅食，喜欢吃小鱼、小虾和田野间的各种昆虫，栖息于竹林、树林的枝干上。池鹭被列入国家"三有"保护动物，近年来，由于环境变化、中医入药等原因，它们的种群数量明显减少，需要及时保护。

池鹭

池鹭

雨水·观鸟

　　不远处的田埂里还有未被雨水淹没的湿地，忽然，同行的伙伴指着那里，带着疑惑又有些兴奋的语气说："大家快看，那里好像窝着一只水鸟！"我按捺不住好奇，慌乱举起相机寻找，却什么也没发现。直到换上望远镜我才看清一只"大眼萌"——彩鹬雌鸟在泥泞的草堆中安静地窝着。它被我们的喧闹声给惊扰了，缓缓地直起身来，露出那引以为傲的美丽容颜。彩鹬是一种很特别的中型涉禽，雌鸟比雄鸟体型大且艳丽，因此带娃的工作都交给卑微的雄鸟，而雌鸟只负责保持美丽。更奇葩的是，它们实行少见的一雌多雄制，雌鸟与多个雄鸟交配，产数窝卵分别由不同的雄鸟孵化，俨然是鸟中女王的存在。

　　彩鹬主要分布在非洲和东洋界，体形中等，喜欢栖息在芦苇水塘、沼泽、河滩草地及稻田中，性格胆小，多在清晨和夜间活动。它们会游泳和潜水，以虾、蟹、螺、昆虫、软体动物等为食，也吃一些植物的叶芽、种子、谷物等。繁殖期会在芦苇、水草或稻草丛中筑窝。看到这只彩鹬，我第一时间想起埃及艳后，以及埃及神话荷鲁斯之眼，好像他们之间有种冥冥之中的联系。不信你仔细看彩鹬的妆容，那双楚楚动人的大眼睛，好似有说不完的古代非洲故事……

　　在农田里，东亚石䳭飞飞停停，十分活泼，它们是广州比较常见的冬候鸟，属于小型鸣禽，夏季在我国东北、朝鲜、日本一带繁殖，冬季到南方越冬。它们体形娇小，雄鸟比较漂亮，头部及飞羽为黑色，颈、腰为白色，胸为棕红色；雌鸟则色泽普通而且暗淡，非常卑微的样子，与彩鹬对比鲜明。它们主要栖息于林区外围、村寨和农田河谷的灌木丛中，有草原里的精灵之称。主要以昆虫为食，也吃少量植物果实和种子。东亚石䳭有利于农作物的保护，是人类的好朋友。

　　农田的常客还有黄腹鹨，它们勤快极了，不停地觅食，寻找昆虫和植物种子。黄腹鹨是雀形目鹡鸰科鹨属的小型鸣禽，常活动在路边、河

谷、草地等环境，有时也会出现在居民区。冬天主要在东南亚、南亚和中美洲避寒，夏天喜欢在亚洲东北部、北美繁殖，在广州它们属于冬候鸟。别看它们不起眼，育雏的工作由雌雄亲鸟共同完成，是鸟类中的模范夫妻！

黄腹鹨

我还观察到一群戴金框眼镜的小精灵——金眶鸻，它们行走速度非常快，边走边觅食，效率很高。金眶鸻是鸻形目鸻科的小型涉禽，有明显的白色领圈，它最显著的特征是金黄色的眼眶，颜值也很高。它们属于冬候鸟，栖息于湖泊沿岸、河滩或水田边，喜欢吃昆虫和小型水生无脊椎动物，也吃一些植物种子。在广州能见到它的来访，真是幸运！

金眶鸻

雨中，灰头麦鸡和其他鸟儿一起觅食，它们是鸻形目鸻科麦鸡属的中型涉禽，活动于近水的开阔地带，喜欢以蚯蚓、昆虫、螺类为食。在我国，灰头麦鸡冬天在华南地区越冬，夏天在华北地区避暑。它们是近危鸟类，在广州不容易见到。

灰头麦鸡

在泥泞的田里，最欢快的莫过于小鹀、栗耳鹀、灰头鹀这些雀形目鹀科的小家伙了。它们灵活地在泥泞中跳跃，时不时用灵动的眼珠瞅瞅人群几眼。一阵冷风袭来，伴随着豆大的雨点，拨乱了一池平静。刹那间，三四只小家伙从草丛中窜出，扑棱棱地朝田边簌簌发抖的矮树飞去。它们长得很像，乍一看像灰不溜秋的麻雀，仔细观察才发现它们和麻雀乃至它们之间的不同。

这些鹀类瞧着不起眼，可它们当中有家喻户晓的禾花雀（学名黄胸鹀），由于本地人视它为不可多得的美食，过去上亿只惨遭猎杀，种群陷入极危。如今，禾花雀被列入国家一级重点保护野生动物，得到了喘息的机会。近年来，禾花雀的保护宣传工作卓有成效，在大家的积极努力下，2019年开始在增城再次观察到禾花雀，真是不幸中的万幸。

这次观鸟活动是历次以来最令我印象深刻的，在年度最冷寒风的吹袭下，我冒着大雨完成了冬候鸟在雨水节气的生态观察，虽然冻得冷彻心扉，但是完成挑战的兴奋久久不能平息。回去的路上，我买了一杯温暖的奶茶，谁说秋天的第一杯奶茶沁人心扉，春天的第一杯奶茶更加有滋有味，看到鸟儿们安好，比什么都甜。

黄鹂 · 桃花

左图 黄鹂

惊蛰·观鸟

惊蛰

　　在二十四节气中排行第三，也是农历二月的第一个节气。正如唐代诗人元稹在《咏廿四气诗·惊蛰二月节》中描写：

阳气初惊蛰，韶光大地周。

桃花开蜀锦，鹰老化春鸠。

时候争催迫，萌芽互矩修。

人间务生事，耕种满田畴。

　　寒冷的冬天终于过去，倒春寒也意犹未尽地走了，温暖的春光就像初次降临大地那样令人惊喜，好似纳兰性德的诗句"人生若只如初见"那样，没有什么能比重新开始更加美好，也没有什么能比重新开始更令人期盼。艳丽多彩的桃花迎着春风绚丽绽放，老鹰忙着筑巢养雏去了，树梢上传来了杜鹃的鸣叫。美好的春日时光催促万物竞相生长，草木的萌芽好像被春风修剪过那样整齐地排列着，印证了"二月春风似剪刀"的佳话。田间地头一派欣欣向荣的忙碌景象，勤劳的农人开始憧憬丰收……

　　根据古人的描述，惊蛰的三候分为："一候桃始华，二候仓庚鸣，三候鹰化鸠。"千古以来，桃花就是春的使者，令无数文人骚客灵感乍现，佳作频出。对我们这些观鸟爱好者而言，惊蛰也十分有意义。因为二候时，仓庚也就是现在人们熟悉的黄鹂会展露美妙的歌喉；三候开始老鹰们躲起来筑巢去了，取而代之的鸠会出现在枝头。这里的鸠可不是现代所说的斑鸠，而是大名鼎鼎喜欢把蛋生在别家巢里的杜鹃。由于冬候鸟的离去，一些留鸟纷纷趁着春暖花开、食物充足，开始筑巢繁殖，粉墨登场，而我们这一期的主角就是它们。

　　黑枕黄鹂　雀形目黄鹂科的中型鸣禽，羽色鲜黄、艳丽。主要栖息于森林地带或靠近村落的高大乔木上。擅长鸣叫，声音悦耳多变、婉转动听。它是典型的三好学生，不仅"外表美""语言美"，而且"行为美"。黄鹂是著名的食虫益鸟，专门消灭林地、农田和花园的害虫，是国家"三有"保护动物。不过黄鹂胆小，喜欢躲在树枝间，不易见到，经常"只闻其声，不见其人"。黄鹂是夏候鸟，通常在早春的时候来到，"惊蛰二候仓庚鸣"中的仓庚就是黄鹂，代表春天来了，提醒农人开始春耕。古往今来，黄鹂鸟可能是诗人们最喜欢的鸟之一。杜甫的"两个黄鹂鸣翠柳，一行白鹭上青天"、杜牧的"千里莺啼绿映红，水村山郭酒旗风"、王维的"漠漠水田飞白鹭，阴阴夏木啭黄鹂"都是描写黄鹂的佳作。为什么诗人们对黄鹂情有独钟？除了它天生优雅的外表、美丽的歌喉，也许更重要的是，它是春天的使者，给人们带来春天的气息和活力，带来春耕的喜悦和对收获的渴望，成为春的信号和标志。而此时，却是到了惜别时候，明年的早春再会！

黑枕黄鹂

普通鵟　鹰形目鹰科鵟属的中型猛禽，"惊蛰三候鹰化鸠"的物候代表。身体主要为暗褐色或淡褐色，具有深棕色横斑或纵纹。喜欢栖息于山地森林和边缘地带，经常在开阔的平原、旷野、农田、草地上空盘旋翱翔。主要在白天活动，性格机警，视觉敏锐。擅长飞翔，每天大部分时间都在空中盘旋滑翔，宽阔的两翅稍向上抬起成浅"V"字形，短而圆的尾翼像扇形打开，姿态非常优美。普通鵟捕食时多在空中盘旋，通过锐利的眼睛观察和寻觅，一旦发现猎物，就快速俯冲下去抓捕，有时也栖息于树枝等高处静待猎物，当猎物出现时突然袭击。主要以森林鼠类为食，也吃蛇、蜥蜴、蛙、野兔、小鸟和大型昆虫等动物性食物。冬候鸟，繁殖期为4-7月，通常筑巢于高大的树上或陡峭的悬崖上。和大多数猛禽一样，雏鸟晚成性，孵出后要由雌雄亲鸟共同喂养一个月以上，才能离巢飞翔。巢内幼鸟的竞争非常激烈，成活率通常只有三分之一，令人唏嘘。普通鵟广泛分布于亚洲各地，属于国家二级重点保护野生动物。

普通鵟

普通鵟·罗汉松

八声杜鹃　鹃形目杜鹃科的中型攀禽，也就是"惊蛰三候鹰化鸠"中的"鸠"，属于古人总结出的惊蛰节气的物候代表。繁殖期集中在4-8月，属于来得早，回去也早的夏候鸟。成鸟头部灰色，背部和尾巴褐色，胸腹部橙褐色；亚成鸟（未成年）上体褐色、下体偏白，均带有黑褐色横斑。八声杜鹃鸣声尖锐、凄厉、哀怨，故有哀鹃及雨鹃之名。八声杜鹃是典型的巢寄生鸟类，自己不营巢和孵卵，通常将卵产在其他鸟巢里，尤其喜欢以体形比自己小、好欺负的长尾缝叶莺作为巢寄生对象。但是由于爱吃害虫，也属于国家"三有"保护动物。

普通翠鸟　属于佛法僧目翠鸟科的小型攀禽。头部和上体蓝绿色，下体红褐色，耳部棕色，后有一撮白色羽毛，雌鸟羽色较雄鸟稍淡。普通翠鸟性格孤僻，常独栖于小河、溪流、湖泊等水边的树枝或岩石上，伺机猎食。喜欢吃小鱼，兼吃甲壳类、小型蛙类、水生昆虫和少量水生植物。捕鱼的本领很强，当捕食时，普通翠鸟扎入水中仍能保持极佳的视力，因为它的眼睛能迅速调整水中因为光线造成的视觉误差。通常它会将猎物带回栖息地，在石头或树枝上摔死后，再整条吞食。普通翠鸟是典型的留鸟，繁殖期为5-8月。通常它们在水岸边或附近陡直的岩壁上掘洞为巢，雌雄亲鸟轮番孵卵，雏鸟晚成性。普通翠鸟分布范围非常广泛，遍及亚欧大陆。据统计，近年来普通翠鸟的种群数量大幅减少，需要我们加以关注进行预防保护。

白头鹎　就是我们常说的"白头翁"，属于雀形目鹎科的小型鸣禽。额头黑色，后脑勺白色，背部及翅膀灰绿色，腹部白色。生性活泼，不太怕人，喜欢成群在果树、灌木丛中活动。杂食性，既吃动物性食物，也吃植物性食物。繁殖期为3-8月，一年繁殖至少2次，由雌雄亲鸟共同育雏，繁殖季节因为营养需要，几乎全以昆虫为食。白头鹎主要分布在中国长江流域及以南的广大地区，一般为留鸟，不迁徙。白头鹎属于国家"三有"保护动物，能吃大量的农林业害虫，是著名的农林益鸟之一。

红耳鹎　也是雀形目鹎科的小型鸣禽。外形很有特色，头上有一顶高耸的黑色羽冠；眼部斜后方有一块醒目的鲜红色斑，下面又接一块白斑；上体灰褐色，下体白色，尾下的羽毛红色。红耳鹎生性活泼，常常10多只集群活动，主要栖息于丘陵山脚地带的林木中，喜欢边跳跃活动觅食边鸣叫，发出"布匹-布匹-布匹"或"威-踢-哇"的声

音。杂食性，但以植物性食物为主，偶尔也吃昆虫。在我国主要分布于西藏东南部至广东南部的广大地区，为典型留鸟。红耳鹎头顶的黑色尖角帽子非常有辨识度，看着很像《哈利·波特》里的巫师，但是生性活泼好动，这种反差让人觉得特别可爱。

　　长尾缝叶莺　属于雀形目扇尾莺科缝叶莺属的小型鸣禽。额头棕色，颊和耳羽淡橄榄绿色；上体主要为橄榄绿或黄绿色，下体白色中混杂一点皮黄色；尾羽比较长，而且喜欢在活动或休息时，把尾巴垂直翘到背上。长尾缝叶莺主要栖息于丘陵、山脚和平原地带，尤其喜欢人类居住环境附近的小树丛、灌木丛。常单独或成对活动，生性活泼，整天不停地在枝叶间跳来跳去，飞上飞下，发出似"匹欺、匹欺"或"叽哟、叽哟"的叫声。主要以昆虫为食，食物贫乏的时候也吃少量植物果实和种子。繁殖期主要在5-8月，孵卵和育雏由雌雄亲鸟轮流进行，雏鸟晚成性。长尾缝叶莺属于留鸟，主要分布于亚洲南部和东南亚一带。它们是鸟类中罕有的筑巢能手，筑的巢很有特色，通常用一片或数片树叶缝合而成，呈深杯状，三边用天然植物纤维缝合边缘，开口处常用叶片遮挡来隐蔽，十分"心灵手巧"。

长尾缝叶莺

暗绿绣眼鸟　属于雀形目绣眼鸟科的小型鸣禽，体长只有10-11.5厘米，非常娇小。上体绿色，下体白色，颏、喉和尾下覆羽为淡黄色。主要栖息于各种森林、果园、村寨和路边的高大树上。性格活泼好动，常在灌木丛与花丛间穿梭跳跃，有时喜欢在枝叶间翻跟头。夏季主要以昆虫为食，冬季则以植物果实、种子为主。繁殖期为4-7月，广泛分布于东亚、东北亚、东南亚、南亚等地区，在我国华南沿海地区、海南岛和台湾地区主要为留鸟，在中国北部地区则多为夏候鸟。

　　惊蛰，不但唤醒了春天，也唤醒了沉睡的小动物们，更唤醒了诗人们的灵感与才情，这大概就是惊蛰的魅力吧！

雀鷹·古柏

左图 雀鹰

春分·观鸟

春分

在二十四节气中排行第四，于每年公历3月19日至22日交节。春分有重要的天文学意义。这天太阳直射在赤道上，南北半球昼夜平分；过了这天以后，太阳直射位置往北半球偏移，北半球各地的白昼开始长于黑夜，南半球则与之相反。按我国传统的四季划分方法，是以二十四节气中的"四立"（立春、立夏、立秋、立冬）作为每个季节的起始点，以"二分"（春分、秋分）和"二至"（夏至、冬至）作为四季的中点。而西方的四季划分和我们不同，是以"二分二至"作为四季的起始点，如以春分为春季的起点，以夏至为夏季的起点。西方这种以"二分二至"划分的四季比我国按传统"四立"划分的四季分别迟了一个半月，是由于西方国家所处的纬度普遍较高，以"二分二至"作为四季的起始点比"四立"更能实际反映当地的气候。

春分时节，恰好是我国的盛春之际，自古有放风筝、吃春菜、立蛋等风俗，如唐朝诗人刘长卿在《春分》中写道："日月阳阴两均天，玄鸟不辞桃花寒。从来今日竖鸡子，川上良人放纸鸢。"其实，春分最令人陶醉的是无敌的自然美景，唐朝诗人元稹在《咏廿四气诗·春分二月中》里这样描述：

二气莫交争，春分雨处行。

雨来看电影，云过听雷声。

山色连天碧，林花向日明。

梁间玄鸟语，欲似解人情。

冬日的寒气和春天的暖气，你们别打打闹闹了，难得这么美好的春日，到处都是朦朦胧胧的烟雨笼罩，雾里看花般的绝世美景难得一见，不如你们俩握手言和，和我一起去春雨深处赏景吧！还记得杜牧那句"多少楼台烟雨中"吗？这烟雨，撩动了多少古今才子的心魂，婉转缭绕、欲说还休。这样的雨，不会轻易打湿身体，只会让睫毛和发丝沾上晶莹剔透的水汽，让万物蒙上一层灵动。你看雷公、电母两位大神也醒了，雨中偶尔划过的闪电，毁灭中带来了生机，催促着万物生发；轰隆隆的雷声如那战鼓擂动，让天地都为之热血沸腾。雨过天晴之后，一眼望不到边的青山绿水，直达天际，令人心旷神怡；山野间的花草树木，贪婪地沐浴着久违的阳光，一边伸着懒腰，一边梳妆打扮，明艳照人。屋檐下迎来了燕子成双成对的身影，学着人们的样子叽叽喳喳谈论着生活中的趣事，好像能读懂人世间的复杂感情。"欲似解人情"是诗人专门埋下的伏笔，这里的"人情"，有形单影只的佳人才子互相仰慕之情，有孩童和父母一起放风筝的天伦之情，有三五知己踏春赏花的友谊之情……几乎涵盖了人们最在意的东西，触动到了内心深处最脆弱敏感之处，属于"剪不断、理还乱"的部分，又怎么可能轻易就能解开呢？正是这种纠结，令春分变成一个令人陶醉又令人心碎的时节，因太过美好，又挽留不住，就好像昙花一现，令人唏嘘，这或许正是古人偏爱春分的原因吧！

春分的三候分为"一候元鸟至，二候雷发声，三候始电"。"元"在古文中通"玄"，这里的"元鸟"和元稹笔下的"玄鸟"都是指燕子。东汉高诱称燕子"春分而来，秋分而去也"。可见燕子自古就是夏候鸟的代表，每年趁着春分的美景第一个到来，和当地的留鸟一起开始进入求偶、筑巢繁殖季，完成一代又一代的血脉传承。我们这期的主角，就是它们。

家燕 春分一候的代表性鸟类，属于雀形目燕科的一种小型夏候鸟。繁殖期为4-7月，每年春天早早来打卡，秋天准时飞走。外形主要特点是背部蓝黑色，腹部白色，体态轻盈，两翅狭长，展开时好像两把镰刀，尾翼像剪刀一样分叉，整体看起来精干整洁，著名的燕尾服应该就是从家燕得到启发而设计出来的。

家燕善于飞行，每天几乎从早到晚都在空中翱翔，是真正的捕虫能手，一只家燕一个夏季就能吃掉20多万只害虫，这种战绩令很多鸟类望尘莫及。家燕的"家"字我觉得有两重含义，一是居家，说明这种燕子喜欢把巢筑到人们的家里，不怕生，是人类的好朋友；二是家喻户晓，说明这种燕子分布极广，天南海北人人皆知，是人们最熟知和常见的一种鸟儿。

家燕是人们非常喜爱的一种益鸟，也是吉祥的象征，古人认为家燕到家里筑巢能带来幸运，所以自古以来就有保护家燕的传统。现代社会由于人们生活习惯、住宿条件和卫生观念的改变，可以筑巢的平房少了，房檐也基本没了，有些人甚至嫌弃燕巢带来的满地鸟粪而毁巢，从而影响了家燕的繁殖。家燕属于国家"三有"保护动物，但近年来数量剧减，已经从"无危"变成"近危"物种，需要引起大家的警惕。

家燕

家燕野菊

斑姬啄木鸟　鴷形目啄木鸟科的小型攀禽。留鸟，繁殖期为4-7月，属于国家"三有"保护动物。背部橄榄绿色，白色的腹部布满黑色斑点，眼睛上下各有一条又粗又长的白线，看起来像穿着两条白杠的运动服，挺精神的。斑姬啄木鸟喜欢单独活动，多在树枝上觅食，较少像其他啄木鸟那样攀在树干上打洞。其实，我觉得它才是真正的捕虫能手，而且是技术精湛的森林外科医生，不像有些大啄木鸟，有时候为了抓虫子大动干戈，简直要把整棵树剖开的样子，弄得一地木屑，可怜的大树虽然治好了虫病，但是已经摇摇欲坠了。而斑姬啄木鸟不会这么鲁莽，它总是在树枝上轻啄几下，表层下藏着的虫子就被找到了，它优雅地吃完虫，树枝表面甚至看不到明显的伤口，这才是外科高手，令人肃然起敬。

斑姬啄木鸟

黑喉噪鹛　雀形目噪鹛科的中型鸣禽。在华南地区属于留鸟，每年3-8月繁殖。脸部和喉部黑色，脸颊上有一块醒目的大白斑，胸部以上为灰蓝色，其余为灰绿至灰褐色。主要在丘陵地带的森林、次生林和灌木林中活动、觅食，喜欢吃昆虫和植物果实、种子。黑喉噪鹛在活动的时候喜欢不断地鸣叫，声音悦耳动听，俗称"山呼鸟"，过去曾经是常见的笼养鸟之一，现在由于数量已经比较稀少，属于国家二级重点保护野生动物。这种鸟的社群意识很强，喜欢扎堆活动，互相之间通过叫声保持联系，比手机还好用，哪怕走散了也能通过叫声重新聚集在一起。更有意思的是，如果鸟群中有鸟被抓或者受伤了，其余的同伴也会意图前来抢救，特别讲义气。苏轼的《涪州得山胡次子由韵》和苏辙的《山胡》均对黑喉噪鹛有过仔细的描写，说明宋代时黑喉噪鹛已经是常见的笼养鸟了。

黑喉噪鹛

春分·观鸟

　　黑脸噪鹛　同属雀形目噪鹛科的中型鸣禽，每年4-7月繁殖。外形很有特色，眼部周围黑色，看起来好像戴了一副眼罩，很像《蝙蝠侠》里的罗宾，有种侠盗的感觉。但是千万别被它们的帅气外形迷惑了，事实上，它们的性格和行为与高冷神秘的侠盗一点都沾不上边。它们喜欢在低矮的树木和灌木丛中跳跃穿梭，很少见到在天空翱翔，因为它们飞行的姿态笨拙，不擅于长距离飞行。它们的性格非常活跃，甚至可以说是话痨，没事就在那里喋喋不休地鸣叫，叫声却不像黑喉噪鹛那样悦耳动听，十分嘈杂，所以大家称它们为"嘈杂鸫""噪林鹛"等，完全和高冷不搭边。不过不要因此小瞧黑脸噪鹛，它们虽然偶尔吃点素食，但是捕捉害虫也不甘落后，已被列入国家"三有"保护动物。

黑脸噪鹛

黑领噪鹛　雀形目噪鹛科的中型鸣禽，繁殖期为4-7月，主要以昆虫为食，也吃少量植物果实与种子，属于国家"三有"保护动物。外形颇具特色，背部棕褐色，腹部白色，后领口和两胁黄棕色，乍一看好像套了件黄马甲，前胸口还有一条黑色环带，感觉就像穿着橙色警示背心、戴黑围脖在大冬天辛勤工作的环卫人员呢。喜欢在树丛中成群活动和觅食，较少飞翔，多在树丛的枝叶间跳跃。性格机警，平时喜欢躲在树丛阴暗处，一旦有一只因为受惊而惊叫，其他的会跟着大声喧闹起来。黑领噪鹛叫的时候也特别有意思，一边扇动双翅，一边点头摆尾，好像在手舞足蹈地说："狼来了！狼来了！大伙快逃命啊！"

黑领噪鹛

紫啸鸫　雀形目鹟科的中型鸣禽，在我国长江以南地区为留鸟，繁殖期为4-7月。远看黑漆麻乌的像乌鸦，近看全身羽毛为深蓝紫色，有种神秘的气息。喜欢在地面活动和觅食，主要吃昆虫和溪水里的小动物，兼吃些浆果。叫声很有特色，铿锵有力，有点像短促的钢琴声和笛声，和百舌鸟（乌鸫）一样，喜欢炫技，模仿其他鸟类的叫声，乐此不疲，仿佛在说："你们的歌我都会唱，佩服我吧！"除了喜欢出风头，其实性格比较谨慎，一旦有危险就躲到暗处大声尖叫，仿佛在喊救命。

紫啸鸫在育雏时，尤其谨慎，先叼着食物飞到大树上四处观望，在确定周围安全后，才飞到隐蔽的鸟巢旁，有点谍战片里的特工的感觉。雏鸟一旦听到亲鸟的动静，就会不停地发出求食的叫声，为了保护雏鸟不被捕食者发现，它们喂完雏鸟后，会立即离开鸟巢，一刻也不敢多待，以防雏鸟的叫声引来捕食者。当爹当妈的做到这种程度，真是难为它们了。

紫啸鸫

鹊鸲 雀形目鸫科一种体形中等偏小的鸣禽，留鸟，繁殖期为4-7月。主要由黑白二色组成，外形就像一只小喜鹊。性格活泼大胆，喜欢在人们的聚居地周围出没，觅食时常摆尾，高兴时就鸣唱，因此在我国有"四喜鸟"的俗称。有人总结四喜为"一喜长尾如扇张，二喜风流歌声扬，三喜姿色多娇俏，四喜临门福禄昌"。可见鹊鸲是一种非常招人喜爱的鸟类。鹊鸲的另一大特色是好斗，它们的领地意识很强，敢于驱赶鸟巢附近的松鼠等小动物。野生鹊鸲甚至会和误入领地的笼养鹊鸲闹矛盾，隔着鸟笼都能打架。在繁殖期更是不得了，雄鸟之间常常为了争偶斗得你死我活，全程充满喜感。它们先是像斗鸡眼那样对视，然后互相争吵叫嚣，进而上蹿下跳，最后扭打在一起。且经常打得难解难分，持续一两个小时以上，甚至毛都洒落了一地。因为它们善鸣、好斗，常被人们当作笼养鸟观赏。然而鹊鸲喜欢吃农林害虫，在植物保护方面很有意义，已被列为国家"三有"保护动物。所以请大家尽量爱护它们，当然，如果你看到两只鹊鸲打架，记得上前劝架哦！

鹊鸲

春分是一个美得能触动亲情、友情、爱情的节气，希望大家能像四喜鸟一样，保持快乐的心情，四喜临门的好日子总会来临。

清明·棕腹大仙鶲·杏花

时间：2022 年 4 月 10 日

地点：广州暨南大学

天气：多云，23℃

左图　棕腹大仙翁

清明·观鸟

——鸟类是如何筑巢的？

清明

　　在二十四节气中排行第五，此时的太阳到达黄经15°，气温变得宜人，天气也逐渐清爽。清明是一个很特别的节气，兼具自然与人文两大内涵，既是"二十四节气"之一，也是传统节日。节气的清明，是春耕、春种的大好时机；节日的清明，是民间祭祖、踏青的传统日子。

　　在唐代以前，清明是寒食节的一部分。唐代以后，清明节才独立并兴起，并因杜牧的一首《清明》诗，被后人视为诗人的节日。人们常常通过举办"清明诗会"，来表达对于清明的喜爱。然而我们从小都被小杜先生给误导了，都以为"清明时节雨纷纷"是常态，其实清明并不是个多雨的时节。"清明"二字，自古表示"风清气明"之意，喻指到了这个时候，风清朗起来了，天空澄明起来了，大地视野也开阔了。所以，自然和人文有时并不统一，想要深入了解清明，还得从唐代元稹的《咏廿四气诗·清明三月节》入手，他更偏向于写实，更好地还原出了一个古时清明的面貌。

> 清明来向晚，山渌正光华。
> 杨柳先飞絮，梧桐续放花。
> 鴽声知化鼠，虹影指天涯。
> 已识风云意，宁愁雨谷赊。

　　诗文大意是，清明来临的时候，缠绵的春雨终于走了，此时的黄昏，凉风微起，晚霞映红了大地，美得令人窒息；山中的泉水清澈透明，映着华光闪闪发亮，晶莹剔透，这时你才真正领悟到春的明媚动人之处。

　　湖边的柳絮漫天飞舞，好似一场新雪，恨不得将人的头发都染白，却没有凛冽的寒气，只是蒙蒙扑人眼，轻盈妩媚，令人柔情款款，心有所动；街角的梧桐，不知从什么时候开始，就那么幽幽地、恬淡地在一角静静绽放。好像在坚贞不渝地为谁送行，甚至忘了与百花争艳，却无心插柳般地成了晚春一道动人的风景。

田鼠因天气变热，开始躲进洞穴纳凉；取而代之的是田野里鴽鸟（古时指鹌鹑类的小鸟）欢快的求偶歌声。偶尔的阵雨，不但洗净了草茎树叶上的灰尘，而且让空气也越发变得清爽，美丽的彩虹一直延伸到天边都清晰可见。

诗人最后总结道，清明的好天气一定能带来好的收成，大家不用担心，当秋天布谷鸟飞来时，五谷丰登，百姓们一定能过上安居乐业、不用赊粮的好日子。

从诗人的角度，我们可以领略到，原来清明在古人眼里是一个气候宜人、风景优美、春耕春种、百姓安居的好时节。

清明三候："一候桐始华，二候田鼠化为鴽，三候虹始见。"我们在诗里全都见到了，这里不再一一赘述。值得一提的是，随着清明的到来，夏候鸟也陆续到来，之前已经抵达的燕子和本地留鸟又在忙什么呢？

原来大家都在忙着筑巢。对我们人类来说，一间遮风避雨的房子，往往就代表了一个温馨的家庭，许多人忙碌一生就为了能拥有一个属于自己的家。而鸟类却不一样，虽然鸟类也有"家"——鸟巢，但鸟巢并不是一个永久性的居所，它们只是为了繁殖而搭建的临时性居所。也就是说，鸟巢仅在鸟类繁殖期有用，它们是专门为鸟蛋和鸟宝宝们提供的兼具保温和保护作用的场所，一旦雏鸟学会了飞翔，能自力更生后，通常便不再使用。只有少部分鸟类（比如家燕、部分洞巢鸟和猛禽）才会在原有旧巢的基础上翻修重复利用，我觉得应该给这些鸟类发个低碳环保奖。

全世界的鸟类据说不下10000种，鸟巢的种类也是五花八门，有的堪称杰出建筑作品，有的精巧绝伦，有的独辟蹊径，也有的敷衍了事，这期就带大家一睹鸟类筑巢的秘密：

1.泥巢，顾名思义就是用湿泥、稻草、草根，在房檐、岩壁之类的地方堆砌而成的巢穴，常见的有家燕的碗形泥巢和金腰燕的花瓶形泥巢，这类巢穴通常在淋不到雨水的地方，坚固耐用，有些燕子甚至来年会回到旧巢继续使用，性价比非常高。

金腰燕的花瓶形泥巢

家燕的碗形泥巢

2.浮巢，这一类是水鸟常用的造窝方式，常用芦苇和水草在水面上搭建成巢，如䴙䴘、天鹅等。它可随着水的涨落而升高降低，像是一条漂浮在水面上的小船。虽然结构有些粗糙，但是既方便鸟类随时下水找食物，又能远离陆地上的各种危险，对亲鸟和雏鸟都能起到很好的保护作用，也算是得天独厚。

凤头鸊鷉的浮巢

3.洞巢（树洞、岩洞等），啄木鸟在树干处打洞筑巢，斑头鸺鹠利用天然树洞，略加修饰后，建成自己的巢洞。山雀和山鸦利用岩石间的裂隙筑巢，翠鸟则在堤基的沙土隧道中安家。

蓝喉拟啄木鸟的树洞巢

清明·观鸟

斑头鸺鹠的树洞巢

4.树枝巢，这种类型的巢比较常见，如喜鹊、斑鸠、乌鸦、老鹰等中大型鸟类，它们喜欢在树上用树枝错落有致地架起巢穴，比较经久耐用，而且防风防雨。

斑鸠巢

　　5.编织巢，这类巢做工精细，是用草茎、纤维、兽毛等物，在树杈或树枝上编织成杯状、球状或吊笼状的巢，如黄鹂、文鸟、叉尾太阳鸟、白头鹎等小型鸟类的巢。

白头鹎的编织巢

叉尾太阳鸟的编织巢

　　6.缝叶巢，这是一种很巧妙的鸟巢，是将大型的植物叶片缝成囊状、袋状，再将叶囊（袋）用草茎系在树枝上，雏鸟就生活在这个吊袋里面，如长尾缝叶莺、金头缝叶莺的巢。

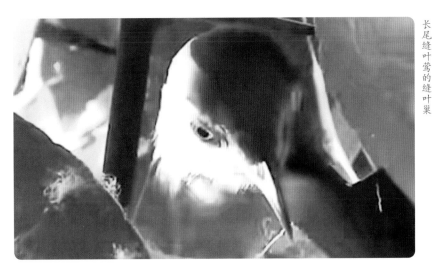

　　除了上述这几大类以外，还有些很特别的鸟巢，比如，织布鸟会在树上搭建一个大型鸟巢，里面分为许多独立的单间，类似人类的公寓，堪称鸟类第一建筑师；金丝燕则用唾液做巢，即是我们熟知的滋补佳品——燕窝；犀鸟更奇葩，它们是全世界唯一用粪便筑巢的鸟类；企鹅干脆直接用自己的脚掌当肉垫来孵蛋，连巢都省了；还有更偷懒的，比如鸥鸻，在地面用爪子刨个小坑甚至直接利用天然的地面凹坑当巢，这样的鸟爸鸟妈心真大；更令人惊奇的是，还有大约80种鸟类完全不会筑巢，比如"巢寄生"的代表鸟类——杜鹃，直接把蛋下在其他100多种鸟类的巢内，让别人来帮忙抚养孩子，这种偷懒行为背后的进化动力，实在令人百思不得其解。

　　其实，古往今来，鸟类堪称人类的建筑老师，人类的许多伟大建筑，不乏从鸟巢中获得灵感，就连咱们的奥运会场馆"鸟巢"也不例外。鸟类创造出了五花八门的筑巢方法，并在它们形形色色的安乐窝中繁衍后代，伴随着人类一起进化和进步，不但点缀着大自然的美丽风光，也成为生态环境中不可缺少的组成部分，请善待鸟类，因为人类与鸟类的友谊源远流长。

戴勝·桑樹

时间：2022 年 4 月 23 日

地点：广州市华南植物园

天气：阴，25℃

左图 戴胜

谷雨·观鸟

——鸟类育雏的秘密

谷雨

谷雨，二十四节气排行第六，在公历每年的4月19日、20日或21日交节。此时正是农历的晚春三月，从海上吹来的暖湿气流，给大陆带来了充沛的降水。恰逢草木作物生长旺盛时期，尤其是农作物的秧苗，无论是水稻插秧，还是麦子灌浆，都需要大量的雨水滋润，可谓"好雨知时节，当春乃发生"。谷雨之名由此而来，本意就是丰收之雨，预示着一年的好收成。

其实中国古代的节气，也是以观察总结太阳和物候的关系而得出的，所以传统节气至今仍然可以使用，和当前的公历之间几乎可以无缝对接。不信你看元稹在《咏廿四气诗·谷雨三月中》中关于谷雨的描述：

谷雨春光晓，山川黛色青。

叶间鸣戴胜，泽水长浮萍。

暖屋生蚕蚁，喧风引麦葶。

鸣鸠徒拂羽，信矣不堪听。

诗词大意是，到了谷雨时节，天气越发春光明媚，天地一片光明，犹如破晓的阳光普照大地、明艳动人；这时候的草木已经非常茂盛了，山川犹如披上了浓绿的外衣，看起来似乎深如青黛。

桑树的枝叶间，稀稀落落的光斑晃动着大地，戴胜鸟穿梭其中，不停地鸣唱，似乎在提醒农人，抓紧时间养蚕缫丝；你看，连浮萍也不甘落后，趁着气候温暖湿润，仿佛一夜之间悄悄铺满了湖面，就那么静静地安卧在水面上，让一切喧闹远离了宁静。

桑农温暖的木屋里，蚕宝宝们尽情地咀嚼着鲜嫩的桑叶，发出沙沙的轻响，拼命积累着营养，等待着吐丝绽放的那一刻。远处田野里一阵春风拂过，逗得麦花和葶草花前俯后仰、娇笑连连，令整个原野瞬间美丽动人。

树梢上，一只形单影只的鸠鸟一遍又一遍梳理着自己的羽毛，似乎太孤独了，它不断地鸣叫着，好像在呼唤着谁。如果真是这样的话，那这只鸠鸟就太可怜了，它的叫声听起来是那么的凄惨无助！

全诗生动地描述了谷雨时节美丽、祥和、欣欣向荣的景象，但是令人费解是结尾来了个180度的转变，转而突出描写鸠鸟的凄惨。这种反差背后的故事已不可考，但是根据《月令七十二候集解》中记载的谷雨三候"一候萍始生，二候鸣鸠拂其羽，三候戴胜降于桑"来看，鸣鸠拂羽是代表性的节气物候，肯定和鸟类的习性脱不开关系，那我们就带着这个疑问，来看看谷雨时节的鸟类都在做什么？

杜鹃 鹃形目杜鹃科攀禽的总称。由于大部分为夏候鸟，总在谷雨节气前后到来，因此成为谷雨二候的代表性鸟类。古人说杜鹃不停地"布谷布谷"鸣叫，时不时拂其羽毛，是在提醒人们要播种了，从这方面看杜鹃似乎是人类的好朋友。而且杜鹃喜欢吃害虫，尤其喜欢吃松树的大敌——松毛虫，所以素有"森林卫士"的美称，因此大部分杜鹃都属于国家"三有"保护动物，有些甚至是国家二级重点保护动物，可以说是妥妥的益鸟。然而，我们都知道杜鹃是巢寄生的代表性鸟类，自己不筑巢孵蛋，而让别人代孵。更过分的是，它们还有很多"阴险"的小手段来增加幼雏的成活率。比如杜鹃会采用"拟态"的手段，专门找那些和自己的卵外形很像的寄主巢，以减少卵被寄主识别出来的机会；杜鹃还会顺手移走寄主的一些卵，以免被寄主看出卵数的变化；杜鹃幼雏也不是善茬，会将寄主的卵或幼雏推出巢外，以减少生存竞争；某些杜鹃甚至从外形和行为上模仿老鹰，比如鹰鹃，吓跑寄主，于是可以正大光明地在寄主的巢中干坏事，特别厚颜无耻。因此杜鹃在鸟类眼中又是实至名归的"恶鸟"。在古代，杜鹃还被人们用来代表乡愁和思念，尤其是四声杜鹃的叫声很像"不如归去"，相传就是蜀王杜宇（望帝）死后灵魂所化。李白《闻王昌龄左迁龙标遥有此寄》中的"杨花落尽子规啼，闻道龙标过五溪"、白居易《琵琶行》中的"其间旦暮闻何物？杜鹃啼血猿哀鸣"、李商隐《锦瑟》中的"庄生晓梦迷蝴蝶，望帝春心托杜鹃"无不通过杜鹃把自己的悲苦哀怨和对友人的思念写得淋漓尽致，成为千古流传的名句。所以杜鹃的好坏实在难以定论，只能留给大自然去界定吧。

杜鹃

　　还有一种值得一提的就是谷雨三候的物候代表——戴胜，这是一种犀鸟目戴胜科的中型攀禽。外形华丽，穿花衣，戴高冠，非常与众不同。《月令七十二候集解》中记载"谷雨三候戴胜降于桑"，说明戴胜自古就是夏候鸟，多在这个时节出现，古人借助它来提醒农人养蚕缫丝。戴胜喜欢栖息于森林、河谷、农田、草地、村落和果园地带，也是食虫益鸟，属于国家"三有"保护动物。戴胜这个名字其实大有来头，其本意是戴着"胜"的鸟，"胜"就是《山海经》里著名女神西王母头上戴着的饰物，象征着祥和、美满、快乐。古代有许多赞美戴胜鸟的诗，如贾岛的《题戴胜》"星点花冠道士衣，紫阳宫女化身飞"、僧守仁的《戴胜》"青林暖雨饱桑虫，胜雨离披湿翠红"等。戴胜的另一个著名身份，是以色列的国鸟，相传戴胜的羽冠就是以色列古代的伟大君王所罗门赐予的。

戴胜

谷雨·观鸟

清明可以说是本地留鸟和早到的夏候鸟筑巢生蛋的季节，而到了谷雨，很多鸟蛋都孵化出来了，是哺育雏鸟的季节。雏鸟根据发育程度不同，通常可分为早成鸟和晚成鸟。早成鸟孵出来的时候眼睛已经能睁开，腿脚有力，全身披满稠密的绒羽，几乎可立即随亲鸟觅食，大多数鸡、鸭、雁、鹅都属这一类。小时候印象很深的丑小鸭故事，当时觉得很可怜，但是一旦了解鸟类习性后，发觉那只灰蒙蒙的天鹅宝宝其实是挺幸运的，生下来就能乱跑和觅食，生存能力非常强。

刚出生的早成鸟

谷雨·观鸟

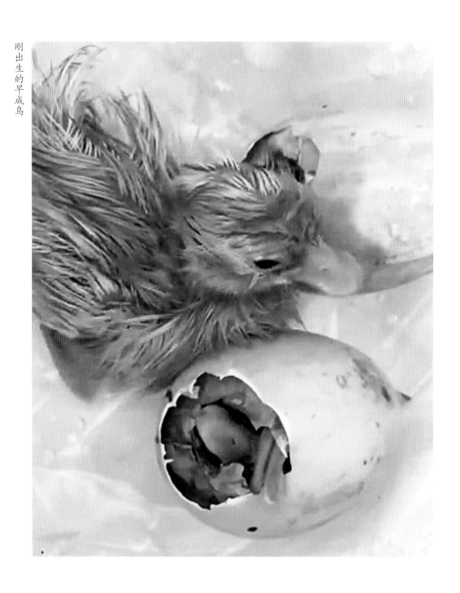

　　而晚成鸟孵出来时，眼睛不能睁开，腿脚无力，全身裸露，几乎没有绒羽，在巢内要停留相当长的时间（15天以上），其间全都依赖亲鸟的喂养，可谓一把屎一把尿地把孩子拉扯大，亲鸟非常辛苦，而雏鸟则特别脆弱，属于这一类的有雀形目鸟类、猛禽、鸠鸽等。还有些鸟类介于两者之间，如鸥类。

我们以典型的晚成鸟——叉尾太阳鸟为例，来揭秘鸟蛋孵化和雏鸟喂养的全过程。

叉尾太阳鸟的巢呈橄榄或长梨状，由草茎、细枝、木棉絮、羽、毛等材料编织而成，里面敷以细软的木棉絮和细草根等材料。雌鸟每窝产卵2-4枚，由雌鸟单独孵化，其间几乎不能离开巢穴，这一过程大约要持续一周。来一张鸟妈妈的特写，一边专心孵蛋，一边警惕周围，确保孵蛋的安全，脸上充满了专注和期待……

一周后，鸟宝宝出世了，叽叽喳喳向妈妈要食物，鸟妈妈浑身脏兮兮地难受，但是连洗个澡的时间都没有，得赶紧出去找食物。心疼孩子

的鸟妈妈，往往一次抓好多虫子回来，整整齐齐叼在嘴里，生怕宝宝不够吃。鸟爸爸偶尔也来帮忙，但是育雏水平远远不如鸟妈妈，往往手忙脚乱，有点添乱的样子。

　　小家伙们吃饱喝足后，会把屁股对准妈妈，注意前方高能——鸟妈妈会从鸟宝宝的屁股里叼出一个白花花的袋子——粪囊，这是部分雀形目鸟类的雏鸟排泄粪尿的特殊结构。鸟宝宝会在粪尿外包裹一层白色的蛋白质膜，不让粪尿洒出来，方便亲鸟清理。这样鸟巢就可以保持得干净、清爽，简直比人类宝宝的尿不湿还厉害！有了粪囊这个特殊的结构，亲鸟可以很方便地将雏鸟的粪尿带走丢弃，这样既能保持鸟巢的清洁，还能避免了鸟巢下白花花一片以及鸟粪的气味暴露巢址而引来天敌，真是聪明无比。

　　每隔一小会儿，鸟妈妈就会往返一次捕虫给鸟宝宝吃；每喂几次，就会帮鸟宝宝清理一次粪囊。日复一日，不断辛勤地照顾着雏鸟。大部分时候雏鸟总是安静地窝在巢中的，如果稍微时间长一点，亲鸟还没有赶回来喂食，就会看见它们努力探出头喊妈妈的样子。有时一阵风吹过，鸟巢轻晃，雏鸟都会以为妈妈回来了，热切地探出头叫唤。古语有云："劝君莫打三春鸟，子在巢中望母归"真是再贴切不过了。春天的鸟在古人眼里是不能捕杀的，有违天和，捕了一只亲鸟，就会害死在巢中期盼等待的鸟宝宝，想起来都让人伤心，这种不抓春鸟的优良传统真的应该广泛宣传并传承下去。

　　又一周后，鸟宝宝在亲鸟无微不至的照顾下茁壮成长，羽翼基本丰满了，有时看到妈妈不在，它们会调皮地飞出鸟巢，甚至不知所终……等嘴里衔着虫子的鸟妈妈风尘仆仆地回来，看到空巢大惊失色，经常一遍又一遍地探头进鸟巢查看。如果确认巢中的雏鸟已经飞出来了，她们又会飞到附近的枝头四处查看，一旦碰上在外调皮的孩子，她们就干脆在枝头继续喂食；如果见不到孩子，她们就会叼着虫子一脸焦虑地在枝头等待，好似沉浸在绝望和悲伤之中……

有时候，小鸟们再也没回来……我不敢想象鸟妈妈的感受，脑海中突然想起"慈母手中线，游子身上衣"的诗句，游子去哪了，还安好吗？

或许元稹先生说的鸠鸟哀鸣，就是"空巢老人"般的亲鸟在呼唤孩子吧！

生存不易，请善待这些美好的生灵。

白喉林鶲·杜鵑

时间：2022年5月8日

地点：广州南沙湿地

天气：阴，25℃

立夏·观鸟

——走进水鸟的世界

左图 白喉林鹟

立夏

是二十四节气中的第七个节气，也是夏季的第一个节气，又称"春尽日"，表示告别春天，开始步入夏天。春生、夏长、秋收、冬藏，是古人总结的四季特色。夏长，意味着这个季节，欣欣向荣、万物繁茂。

古人把立夏的三候总结为："一候蝼蝈鸣，二候蚯蚓出，三候王瓜生。"意思是，初夏来临，气温升高，田里的蝼蝈（也有人说是青蛙）开心地鸣叫不休，迎接夏日的到来；蚯蚓也忙碌起来，帮农民伯伯翻松泥土；王瓜等植物的藤蔓开始快速攀爬生长。这些都是立夏时节极易见到的现象，表明万物都进入了旺盛的生长时期。

再来看看元稹这首《咏廿四气诗·立夏四月节》对立夏的描述：

> 欲知春与夏，仲吕启朱明。
>
> 蚯蚓谁教出，王菰自合生。
>
> 帘蚕呈茧样，林鸟哺雏声。
>
> 渐觉云峰好，徐徐带雨行。

诗词大意是，想要区分春天和夏天，问"仲吕"和"朱明"就行了。古时"仲吕"代指"四月（农历）"，"朱明"则是传说中的火神祝融，所以入夏首先的变化就是天气明显变热，因为仲吕先生把热烈与奔放的火神给请来了，不热才怪。

这时候，蚯蚓可能都热得受不了了，既不需要人教它，也不需要催促，自己就在地里钻进钻出，努力地疏松着土壤，活生生的劳动模范；王菰（可能是现在的王瓜和茭白）并肩快速生长，你追我赶，不甘落后，一个个出落得亭亭玉立。这里提到的"蚯蚓"和"王菰"，讲的其实是立夏三候。古人把蚯蚓称为地龙，认为地龙出土，入天则为雷，所以夏季雨多、雷多。其实恐怕是多雨的夏日，引得蚯蚓四处乱爬，躲避雨水淹没。

竹簸箕上，蚕宝宝们吃饱喝足开始纷纷吐丝作茧，期盼终有一日化茧成蝶，翱翔世间；树林中，鸟儿们正忙着喂养叽叽喳喳吵闹讨食的雏鸟，希望它们快快长大，展翅高飞。其实这两者都在暗示，入夏后天地万物都在经历从幼小到壮年的生长过程，所以古人总结为"夏长"非常贴切。

因为天气逐渐炎热，所以越来越觉得高耸的云峰不像春季连绵的云雨那么讨厌了，因为它们会带来阵阵清爽的雨水，不但解暑，而且滋润大地，助力万物生长。

元稹这首诗完整地展现了古时立夏的风貌，体现了这个季节开始进入草木茂盛、万物竞相生长的时期。此时的本地留鸟大都进入了育雏阶段，当然还有很多夏候鸟和过境鸟陆续到达广州，其中不乏形形色色的水鸟。广州南沙湿地是它们的一个重要落脚点，我们此次就去那里一睹它们的风采。

琵鹭　鹈形目鹮科的大型涉禽。因嘴巴扁平如汤匙状，与乐器琵琶极为相似而得名。全身羽毛白色，姿态优雅。觅食的方法非常有趣，通常用小铲子一样的长喙插进水中，半张着嘴，在浅水中一边涉水前

黑脸琵鹭

黑脸琵鹭·睡莲

进，一边左右晃动头部扫荡，通过触觉捕捉到水底层的鱼、虾、蟹、软体动物、水生昆虫和水生植物等各种生物，捕到后就把长喙提到水面外边，将食物吞吃。其中以黑脸琵鹭的数量最为稀少，属于国家一级重点保护野生动物，只活跃于东亚及东南亚地区。2002年全世界统计的数量不足千只，成为仅次于朱鹮的第二种最濒危的水禽。国际自然资源物种保护联盟和国际鸟类保护委员会都将其列入濒危物种红皮书。近年来，由于保护得当，黑脸琵鹭的数量正在逐年攀升。

白鹭 鹈形目鹭科的大型涉禽。姿态优雅，身形修长，嘴、颈、脚均很长，身体轻盈，有利于飞翔。它披着一身白色的羽毛，一尘不染，显得高傲出众。鹭科鸟类中最珍贵的当属黄嘴白鹭，国家一级重点保护野生动物，已被列入世界濒危鸟类红皮书。黄嘴白鹭的领地意识很强，成年雄鹭的领地更是神圣不可侵犯，哪怕求偶季都不放松。当雌鹭闯入雄鹭的领地时，雄鹭会机警地伸展冠羽、蓑羽和胸羽进行威吓。雌鹭必须耐心等待，只有当雄鹭收缩蓑羽表示同意雌鹭停留在其领地边缘时，它们之间的相亲活动才算正式开始。然后还要经过默默对视，嘴喙相碰，双双起飞，比翼翱翔之后，才能确定关系，非常烦琐和复杂。所以黄嘴白鹭的数量稀少，或许和它们奇葩的求偶方式不无关系。当然，主要原因还是沿海滩涂的开发和利用造成黄嘴白鹭的栖息地逐渐减少，加上以前人们喜欢采集、买卖黄嘴白鹭的丝状羽毛，大量捕杀造成数量急剧减少，至今不能恢复元气。

白鹭

鹈鹕　鹈形目鹈鹕科的大型游禽。一种很惹人喜欢的大鸟，它的特点是表情眼神呆萌，走起路来的姿势也是笨笨的。喂食过程中，别的动物可能比较害羞（海鸥除外，喜欢直接抢），顶多牵住你的衣袖裤脚，含蓄地表达嘴馋。只有鹈鹕会用它巨大的嘴巴直接叼住你的手臂，胆小的人还以为它要把你整个吞下去呢。不过放心，它只是表达喜欢你，向你讨食呢。鹈鹕性情温和，就是比较贪吃。有时吃得太多，以致飞不起来，只能在水面干等。吃货做到这种程度，也是绝了。

鸥类　鸻形目鸥科的游禽总称。鸥类是人们最熟悉的水鸟，在沿海和内陆水域广泛分布。它们是当之无愧的飞行健将，如北极燕鸥每年往返于南北两极之间，是迁徙距离最长的动物。鸥类中最常见的要数海鸥了，这是种让人又爱又恨的鸟类。海鸥最喜欢抢人类的食物，海鸥抢游客的报道时有发生。科学家甚至做了个有趣的实验，他们把同样的食物分成两类，一类是让人在手里拿过的，另一类没有碰过，结果大多数海鸥都会去吃人们手里拿过的食物。因为在它们看来，人类的食物一定是最好的食物，这种信任不知是怎样进化出来的。

海鸥有很多优点，比如，它们最不挑食，会把海滩上、浅水处搁浅的动物尸体甚至垃圾清理干净，还给人类一个美丽整洁的海滩。也正是因为这点，海鸥会大量误食人类扔进海里的垃圾。科学家解剖病死的海鸥时，发现海鸥肚子里存在大量的塑料等垃圾，并且很多海鸥因此患有消化系统溃疡病。所以我们保护鸟类，除了建立自然保护区，在日常生活中还要注意"勿以善小而不为"，哪怕做好不乱扔垃圾的小事，对鸟类乃至所有动物都有很大的帮助。

在南沙湿地，我看到了须浮鸥、白翅浮鸥、鸥嘴噪鸥等多种鸥类。其中有一对须浮鸥非常有意思，雄鸥辛苦抓了一条鱼来献给雌鸥，百般讨好，可是雌鸥就是不肯理它，场面非常的尴尬，我们都替雄鸥感到难堪。

须浮鸥

鹬 没错，就是鹬蚌相争的那个"鹬"。鹬其实是一种非常可爱的水鸟，身体圆滚滚的，配上两条细腿，就像一个会浮动的小球，特别萌。2016年皮克斯动画工作室专门出品了一部叫作《鹬》的动画短片，讲述了一只饥饿的小鹬如何在妈妈的鼓励下克服恐水症，到水上觅食的故事。短片幽默搞笑，却真情流露，触动人心，因此获得第89届奥斯卡金像奖最佳动画短片奖，由此可见鹬的魅力。鹬常成群活动于湖泊、沼泽、沙洲、沙滩等地，具有较强的迁移飞行能力，是世界各地湿地生态的重要组成部分，具有重要的生态学意义。这次在南沙湿地，我们看到了好多种鹬，鹤鹬、泽鹬、红颈滨鹬、弯嘴滨鹬、大滨鹬、红脚鹬、翘嘴鹬、白腰杓鹬等，有些长得很像，在我眼中几乎看不出什么区别，还是靠老师指点才得以分辨。其中有两种比较珍贵的品种值得和大家分享一下。

　　大滨鹬　鸻形目丘鹬科的中型涉禽。冬候鸟，国家二级保护动物。主要在海岸、河岸、湖岸、河口沙洲及其附近沼泽地带活动，以甲壳类、软体动物、昆虫等为食。大滨鹬是一种非凡的水鸟，夏季在西伯利亚东北部北极圈附近的苔原地带繁殖，冬季主要在澳大利亚越冬，每年定期两次穿梭于南、北半球。可以每小时近60千米的速度飞4天4夜不吃不喝，直接跨越5000多千米的超长距离。其一生的飞行距离相当于地球到月球的距离，号称鸟类"飞行健将"。而且它们对水质环境要求特别高，2006年由于韩国新万锦湿地围垦项目破坏了原有滨海生态，直接导致了9万余只大滨鹬死亡，占其全球数量的1/4，以至于大滨鹬被《世界自然保护联盟濒危物种红色名录》列为濒危物种，这就是人类破坏鸟类栖息地造成的沉痛教训。

大滨鹬

立夏·观鸟

　　白腰杓鹬　鸻形目丘鹬科的中大型涉禽。冬候鸟，国家二级保护动物。因嘴弯而细长，外形似镰刀，被誉为鸻鹬家族第一大长嘴。喜欢在水边沙地、泥地或浅水处，用它长而弯曲的嘴插入沙地或淤泥中上下搅动，探觅隐藏于地下洞中的甲壳类和蠕形动物，看上去就像在掏下水道一样，十分有趣。白腰杓鹬性格十分警惕，如果在孵卵过程中被打扰，它们会弯着背压低身体偷偷地离开，防止敌人发现巢穴。

白腰杓鹬

鸻 一类长得很像鹬的水鸟,外形特点为翅长,颈短,腿中等长;嘴直但比鹬稍短。在南沙湿地我观察到了3种鸻——蒙古沙鸻、环颈鸻、金眶鸻。大部分鸻喜欢在海滩、湿地奔走取食,捕食小型水生无脊椎动物;也有少数在高地牧场和草地捕食昆虫。鸻类生性胆小,一有风吹草动就展翅疾飞,逃之夭夭。它们的叫声像音调优美的口哨,可以根据叫声的不同来区别它们的种类。鸻分布很广泛,喜欢成群迁飞觅食,而且擅长远距离迁徙。最著名的要数金斑鸻,它们在北极繁殖,在南半球越冬,几乎横跨半个地球。

蒙古沙鸻

环志鸟　指带有标志环的鸟类。通常是把标志环戴在鸟的跗跖部（脚环）、颈部、翅根、鼻孔等处，然后进行鸟体的各种数据测量，数据统一记录在专用的环志卡上后放飞。鸟环常用镍铜合金或铝镁合金制成，上面刻有环志的国家、机构、地址和鸟环类型、编号等。通过回收环志鸟所提供的信息，可以了解候鸟迁徙的时间、路线、范围、高度、速度和种群数量、年龄等宝贵的生态学资料，是用来研究候鸟迁徙动态及其规律的一种重要手段。所以我们在遇到戴环志的鸟类后，应记录其种类、环志标记，以及碰到该鸟的时间、地点、环境等信息，然后通知全国鸟类环志中心或相应的环志机构和组织，来促进鸟类科研事业的蓬勃发展，从而更好地保护鸟类。

环志鸟

立夏·观鸟

　　此次水鸟观察活动，令我感触颇深。细心的读者可能已经留意到了，很多照片中的水鸟并没有在人们专门为它们修建的南沙水鸟世界中栖息，而是跑到周边环境比较恶劣的荒滩泥地觅食。除了提醒我们要更好地保护环境，减少乱扔垃圾造成鸟类误食的情况外，也给了我一丝启发。光靠开辟鸟类保护区，与人类划清界限的办法来保护鸟类不一定是最有效的办法，地球就这么大，人类很难给予鸟类更多的专用栖息地。或许努力提高人们保护鸟类的意识，帮助鸟类适应一个与人类共存的环境，最终达到人类和鸟类和谐共生的境界才是更令人期待的。

小滿·仙八色鶇·水章

左图 仙八色鸫

小满·观鸟

小满

二十四节气中的第八个节气，也是夏季的第二个节气。于每年公历5月20-22日，太阳到达黄经60°时开始交节。这时夏熟作物的籽粒开始逐渐饱满、结穗，预示着快要进入夏收夏种季节。《月令七十二候集解》中这样说："小满，四月中。小满者，物至于此小得盈满。"原来"小满"这个节气之名就是指夏熟作物的籽粒开始灌浆饱满，但还未成熟，只是小满，还未大满。

说起小满这个名字，可能会令人感到奇怪：二十四节气很多都是成对出现的，有小暑、大暑，小雪、大雪，也有小寒、大寒。那既然有小满，为什么没有大满？其实古人对这事儿也挺疑惑的，比如，宋代马永卿在《懒真子》里就说："二十四气其名皆可解，独小满、芒种说者不一。"对这个疑惑，后人也做过分析。实际上，之所以用芒种取代"大满"，主要是和中国古人传统的道家儒家观念有关系。

道家经典《易经》阐述阴阳变化，提出否极泰来、盛极必衰的哲学道理。提倡凡事不走极端，才是真正的遵循大自然规律的生存之道。儒家典籍《尚书》里也有"满招损，谦受益"的说法。因此在中国古代的传统观念里，极限的圆满其实是不可取的，因为"反者，道之动也"，事情太过圆满了那就要向不好的方向转变了。所以，明代郎瑛在《七修类稿》里说："夫寒暑以时令言，雪水以天地言，此以'芒种'易'大满'者，因时物兼人事以立义也。"意思就是，用小满和芒种这两个节气，不仅是描述寒暑这样的气候，更是将物候和做人的道理结合在一起了。过了小满，气候越来越炎热，却也正是麦子渐熟、稻子插秧的农忙时候。这个时候，小满尚还可以，但要是大家都觉得"大满"了，不愿意下地干活，错过了收成，会出大事的。所以，小满的后面，还是叫"芒种"吧，意在提醒人们继续努力，这或许就是咱们中国人勤劳美德之由来。

所以，中国古代的节气命名和划分不但考虑了寒来暑往这样的气候因素，也包含了花鸟草虫之类的物候因素，甚至包含了行事做人的大道理，真是不可小觑古人的智慧！让我们来欣赏一下元稹先生在《咏廿四气诗·小满四月中》是怎样描述小满的：

> 小满气全时，如何靡草衰。
>
> 田家私黍稷，方伯问蚕丝。
>
> 杏麦修镰钐，锄棱竖棘篱。
>
> 向来看苦菜，独秀也何为？

诗词大意是，在阳气这么充足的小满节气，万物都欣欣向荣，为何靡草会衰败呢？其实，这里的"靡草"，按东汉郑玄的解释就是荠菜。其营养价值很高，食用方法多种多样，也具有很高的药用价值，中国自古就有采集野生荠菜食用的记载。由此看来，靡草的"衰"并不是自然事件，而是因为被人们当作美味和草药给收割了。

领联：农人知道，庄稼就快要成熟了，私下里往田间一遍又一遍地查看，就盼着黍稷早点长熟，今年的口粮还指望它呢！而负责农事的官员们也亲自到农家来，抓紧过问蚕丝的生产情况，看看哪家有什么困难需要帮扶。在靠天吃饭的年代，上上下下都希望能有一个好收成，才能国泰民安。

颈联：杏黄了，麦子也快熟了，赶紧修理好镰钐，随时准备抢收；准备好铁具四齿耙，将棘篱竖好，方便瓜藤攀爬结果。字里行间充满了农事繁忙的田园风味，多么美丽的一幅备战丰收的田园风光图啊！

尾联：孟夏时节，大家都将目光投向苦菜，它独自茂盛的原因又是什么呢？因为人们都在忙碌，还没有时间理会它。等人们闲下来，这些清热解毒的苦菜也会和靡草的命运一样，成为人们的佳肴和良药。

整首诗把小满三候"一候苦菜秀，二候靡草死，三候麦秋至"活灵活现地表达了出来，给我们展示了鲜活的古时农事风光。然而可惜的是，对于我们这些观鸟爱好者而言，古人的小满三候没有给出关于鸟类的物候指引。我猜可能有两个原因：一是小满属于农忙的关键时刻，除了与农事有关的物候，其他不重要的只能放一边；二是此时的夏候鸟已经不多了，只有一些零星的过境鸟，本地留鸟又大都在育雏，可观察的物候不多，所以古人没有专门记录。带着疑问，我们去看看这个节气常见的鸟类有哪些。

这次的观察地点选在麓湖公园，它位于广州城区中心地带，北接白云山风景区和云台花园，西靠雕塑公园，登高可眺望市区全景，是闹中取静的休闲胜地。园内林木苍翠，鸟语花香，亭榭桥廊点缀其中，是鸟类理想的栖息地，经常会有猛禽和水雉出没，吸引了不少观鸟爱好者前来打卡。

凤头鹰 鹰形目鹰科的中型猛禽，留鸟，繁殖期为4-7月，国家二级重点保护野生动物。它的头部和羽冠为黑灰色，上体褐色，胸腹部浅灰色且具有很多棕褐色横斑，尾巴有四道明显的黑褐色横带。凤头鹰最有特色的地方在尾下覆羽，像白色的棉絮那样。当它在天空翱翔时，白色的尾下覆羽如同裹着"纸尿裤"，被戏称为"白尿布"，非常有损它的英雄形象，极易辨认。而实际上凤头鹰非常凶猛，是名副其实的"森林之王"。铁钩嘴、利爪、百万"像素"（感光细胞数/平方毫米）的长焦眼睛等猛禽超级装备一样都不少，小动物们都得躲着它走。每年只有在4-7月的繁殖期，面对它自己的雏鸟宝宝时，才会展现出它温柔的一面。抓来的猎物先耐心地撕成肉丝，一口一口地喂给雏鸟；遇到暴风雨，会用羽翼给雏鸟遮风挡雨，可以说是鸟界的模范父母。

珠颈斑鸠 鸽形目鸠鸽科的中型陆禽，俗称"野鸽子"，因脖子上有许多珍珠状斑点而得名，属于国家"三有"保护动物。常成小群活动，通常在天亮后从栖息的树上飞到地上觅食，离开树梢之前喜欢互相之间鸣叫一阵，好像开每日例会一样有趣。有细心的观察者发现，它们的鸣叫声有四种模式，并不是单纯的"咕咕咕"，比其他种类的斑鸠都要多，不知道是否与它们开会多有关，进化出了更丰富的语言能力。珠

颈斑鸠食谱很广，主要以各种植物种子为食，人类爱吃的谷物、豆类、菜籽它都喜欢吃，偶尔还会加餐吃点昆虫等高蛋白食物，是正宗的"吃货"。因为珠颈斑鸠有一个令人羡慕的"肌胃"，研磨食物的能力很强，再坚硬的食物都能消化。所以在野外，当冬天食物缺乏的时候，它们经常和乌鸫结伴，捡食乌鸫吃剩的樟树籽核。珠颈斑鸠为常见的留鸟，繁殖期为4-11月，一年能繁殖二至三次，它们喂养雏鸟也有绝招，亲鸟嗉囊能将食物消化成食糜并分泌一些特殊成分形成"鸽乳"，方便雏鸟消化吸收。

白胸翡翠　又称白喉翠鸟，佛法僧目翠鸟科的一种中等体形的攀禽。毛色靓丽，头颈和胸腹部棕红色，背部、翅膀和尾羽亮蓝色，颏、喉和前胸部为白色。常栖息于森林和山脚的河流、湖泊、水库、沼泽等水域岸边，有时亦远离水域活动。嘴又粗又长，擅长捕食鱼虾等水生动物，也吃昆虫和蛙、蛇、鼠类等陆栖小型动物。为留鸟，繁殖期为3-6月，比较少见，属于国家二级重点保护野生动物。

白胸翡翠

斑头鸺鹠　鸮形目鸱鸮科的小型鸮类，也就是小型猫头鹰。虽然属于猛禽，但是外形丝毫没有杀伤力，头部圆滚滚的，无耳羽，体色棕褐并具浅色横纹，看起来又萌又可爱。常单独或成对在白天活动和觅食，偶尔也在晚上出没，能像鹰一样在空中捕捉小鸟和大型昆虫。主要以昆虫、鼠类、小鸟、蛙和蜥蜴等动物为食。叫声嘹亮，不同于其他鸮类，和短小的身材严重不符。留鸟，繁殖期为3-6月，是国家二级重点保护野生动物。猫头鹰为了能够精准观察各个方位的猎物，所以进化出了14节颈椎，头部可以270°转动，而我们人类只有7节颈椎。猫头鹰的视网膜上只有视杆细胞（感受光的强弱），没有视锥细胞（感受色彩），所以猫头鹰的眼睛虽然炯炯有神，但其实是色盲。而且萌萌的大圆脸相当于卫星信号锅，可以接收更多声波，方便探查猎物。在中国，猫头鹰曾经被当作神鸟，在商代以前就出土了很多石鸮、玉鸮、陶鸮等猫头鹰形象的物品，到了殷商时期，甚至出现了鸮形青铜器，足见猫头鹰在古人心中的地位。

斑头鸺鹠

斑头鸺鹠·路路通

仙八色鸫 雀形目八色鸫科的中小型鸣禽，传说中的鸟类颜值担当，被称为鸟中仙女，羽毛颜色丰富，据说有八种之多，十分罕见。性格机警而胆小，常在灌木丛、草丛中单独活动。属于地栖性鸟类，多在地上跳跃行走，边走边觅食，主要以昆虫、蚯蚓等为食。仙八色鸫是夏候鸟，繁殖期为5-7月，是珍贵的观赏鸟类和食虫益鸟，为国际野生动植物贸易公约保护物种，也是国家二级重点保护野生动物，被列入《世界自然保护联盟濒危物种红色名录》（IUCN）易危物种。

发冠卷尾 雀形目卷尾科的中型鸣禽。外形很有特色，通体绒黑色并点缀有蓝绿色金属光泽，额部有明显的丝状羽冠，外侧尾羽末端向上卷曲。常单独或成对在低山丘陵和山谷地带的森林中活动，很少成群。属于树栖性鸟类，主要在树冠层活动和觅食，喜欢吃各种昆虫。飞行能力强，常急速掠空，在空中翻腾秀技，然后快速向低空作"燕式"滑翔，姿势十分优雅。属于夏候鸟，繁殖期为5-7月，属于国家"三有"保护动物。

仙八色鸫

发冠卷尾

红嘴蓝鹊 雀形目鸦科中颜值最高的中大型鸣禽。两翅和上体为蓝紫色，红嘴红脚，配上颀长的尾羽，飞行时仪态万千、雍容华贵，有种凤凰的气质，是著名的观赏鸟之一。所以被誉为"青鸟"，是神话传说中西王母的信使和随侍，有着吉祥寓意的神鸟。在古代被广为传颂，如李白的"愿因三青鸟，更报长相思"、杜甫的"杨花雪落覆白苹，青鸟飞去衔红巾"、李商隐的"蓬山此去无多路，青鸟殷勤为探看"，等等。不要看它们外表靓丽，其实它们是一种脾气暴躁、护巢性极强的鸟。如果你在它们孵育期间靠近鸟巢，很可能被"群殴"，它们的性情十分凶悍，甚至连猛禽都不放过，所以要小心对待，没事不要打扰它们。红嘴蓝鹊属于留鸟，繁殖期为5-7月。因能吃大量害虫，故益处很大，属于国家"三有"保护动物。

水雉 鸻形目水雉科的中型涉禽，国家二级保护动物。水雉体态优美，羽色艳丽，被喻为"凌波仙子"。它的"脚"极具特点，脚趾特别长，犹如分叉的树枝，能很好地分散身体重量，使其可以在水生植物

叶面上从容不迫地行走，所以能够栖息在富有挺水植物和漂浮植物的淡水湖泊、池塘和沼泽地带。水雉爱吃昆虫、虾、软体动物、甲壳类和水生植物等。有趣的是，水雉存在两性行为颠倒甚至一雌多雄的现象。每到繁殖季节，雌鸟之间会为了占领交配领地而"大打出手"，胜利者将占据领地。随后雄鸟们会进入雌鸟领地向其求偶，每一只被"相中"的雄鸟都可以分到一块地，用于筑巢、孵卵和哺育后代。是的，你没看错，所有这些"家务活"都由雄鸟承担，而"女王"的职责只是保卫领地和产卵。

此行收获还算丰富，一共观察到了34种鸟，其中留鸟25种，候鸟9种，说明夏候鸟和过境鸟正陆续到达广州，还没有达到鸟荒的程度。我们把这些观察数据全部通过小程序上传到了"中国观鸟记录中心"，这里有全国各地汇总而来的数据，通过大数据分析能更精准地反映出鸟类分布的时空规律，为更好地保护鸟类提供帮助。同时这些数据还能反映不同地域的生态环境情况，通常生物多样性越高，生态环境也就越好。

时间：2022 年 6 月 12 日

地点：广州火炉山森林公园

天气：雨，28℃

左图 棕背伯劳

芒种·观鸟

芒种

　　是二十四节气之中的第九个节气，夏季的第三个节气，此时太阳黄经达到75°，于每年公历6月5日至7日交节。芒种，本义是"有芒之谷类作物可种"的意思。这个时节气温显著升高、雨量充沛、空气湿度大，除了北方地区尚未进入雨季，江南地区已经进入梅雨季节，华南地区也处于东南季风雨季。此时正是南方种稻与北方收麦之时，适宜晚稻等谷类作物的种植。因此是一个耕种忙碌的节气，民间也称其为"忙种"。农耕以"芒种"节气为界，过此之后种植成活率就会越来越低，它是古代农耕文化对于节令的反映。

　　"芒种"一词，最早出于《周礼》："泽草所生，种之芒种。"东汉郑玄解释为："泽草之所生，其地可种芒种，芒种，稻麦也。"芒种，既包含收获又包含播种的节气，在二十四节气中是特别的存在。一起来欣赏一下元稹先生的《咏廿四气诗·芒种五月节》。

芒种看今日，螳螂应节生。

彤云高下影，鴳（yàn）鸟往来声。

渌沼莲花放，炎风暑雨情。

相逢问蚕麦，幸得称人情。

　　首联：诗人直言今日芒种，并自然地带出芒种三候"一候螳螂生；二候鵙（jú）始鸣；三候反舌无声"中的一候：螳螂生。螳螂，因能捕蝉而食，故名杀虫；因飞捷如马，又叫"天马"；因前二足如斧，又叫"斧虫"。自古就是人们茶余饭后的谈资，只是因为雄螳螂在人群中多看了雌螳螂一眼，就成就了一段旷世悲惨的爱情故事。一向性情凶暴的雄螳螂在爱上雌螳螂后变得无比温柔，甚至把自己作为食物献祭给雌螳螂。雌螳螂含着眼泪看着被自己一点一点吃掉的雄螳螂，希望能在脑中深深印下他的样子，来世不会相忘。然后忍辱负重，于深秋时林木间找一处幽静、干爽的地方独自默默生子。由于孕育和生产后代耗费了太多的精力，产下卵后不久雌螳螂也会死去。经过漫长的秋去冬来、冬去春来、春去夏至……直至芒种时，无父无母的小螳螂孤儿才破壳而出。幸好，迎接它们的是芒种这样气候适宜、食物丰盛的季节，它们才能顽强地养活自己，一代代繁衍生息。所以看似简单的三个字"螳螂生"，其实凝聚了古人对芒种浓厚的爱。

颔联：描述的是芒种三候中的第二候：鵙始鸣。诗中的"鹈"，实际上就是暗指鵙。《月令七十二候集解》注曰："鵙，百劳也。"《本草》作博劳，朱子《孟》注曰："博劳，恶声之鸟，盖枭类也。"曹子建《恶鸟论》："百劳以五月鸣，其声鵙鵙然，故以之立名。"这些称呼其实都是指伯劳鸟。古人以物候辨识天气与季节，伯劳夏鸣而冬止的特性，成了天然时钟。成语"劳燕分飞"中的劳也是它，是一种小型猛禽。这句描述的是喜阴的伯劳鸟开始在枝头出现，并且感阴而鸣。它的鸣声局促尖锐，充满别春之离愁。当然，也有"伯劳初啭（zhuàn）月微明"这样充满仲夏夜寻梦诗意的句子。在古人眼中，伯劳鸟和反舌鸟是善鸣之鸟中的两类典型代表。在此时节，喜阴的伯劳鸟，开始在枝头出现，并且感阴而鸣；与此相反，能够学习其他鸟叫的反舌鸟，却因感应到阴气出现而停止鸣叫。不知为何，三候"反舌无声"，在这首诗里没有提到。反舌鸟就是乌鸫，即百舌鸟。

颈联：清澈的池子里，莲花静静绽放；炎热的南风中，暑雨别有情致。一组清新的夏日画面，扑面而来。幽幽的盛夏，就这样被诗意地呈现在我们面前。

尾联：相逢的人们，互相亲切地谈论着蚕丝和麦子的收成。蚕儿上山、麦子出芒，当收。而几乎同时，稻子有芒，当种。这是一个"收种并举"的忙碌季节。然而，老百姓忙得开心，忙得高兴。朴实的话语，共同的话题，使得大家的感情自然而然地靠近在一起。活在夏风里，活在淳朴中，活在希望与收获中。

芒种，蕴含着物候的变化与丰收的喜悦，真是一个令人向往的季节。千百年来，人们对于它的喜爱一直未变，也让我们油然向往。踏着暑气，我们来到火炉山森林公园观鸟。公园位于广州市天河区东北部，西接华南植物园，北临广东树木公园。南北长约3千米，面积410.19公顷。平均海拔150米，中部最高峰主峰白架顶海拔321.8米。此山山势浑圆，坡度平缓，山间大石遍布，形状各异。从天空俯视其形状像葫芦，原名为葫芦山，又因山上泥土多为红泥土，空中看上去为火红色，所以称火葫芦，又简称"火炉"，因此得名火炉山。山中冬暖夏凉，四季如春，自然气息浓厚，空气清新，林木繁盛，水源富饶，在民间享有盛名。也是广州地区鸟类最喜欢的栖息地之一。此行一共观察到了5目18科27种鸟类，让我们看看有哪些新面孔。

绿翅金鸠 又称绿背金鸠，中等体形，鸽形目鸠鸽科的高颜值陆禽。雄鸟头顶灰色，额和眉纹白色，嘴红色，两翅亮绿，下体棕红，雌鸟与雄鸟的区别在于头顶无灰色。主要栖息于低山、丘陵的山地森林中。属于地栖型斑鸠，通常单个或成对活动于森林下层植被浓密处。主要在地面觅食，以植物果实和种子为食，也吃白蚁和昆虫。绿翅金鸠在中国属于比较少见的留鸟，主要是因为大多地区的气候环境不适合它们生长。由于外观美丽，它们经常被违法捕捉作为宠物鸟出售，已被列入国家"三有"保护动物和《中国濒危动物红皮书·鸟类》易危物种。

鹰鹃 鹃形目杜鹃科的中型攀禽，又称鹰头杜鹃。体形较大，外形像老鹰，但嘴尖无利钩，脚细无锐爪，身上有杜鹃常见的棕褐色横纹。喜欢栖息于高大树木的树冠，常常只闻其声而难见其形。飞行时往往先快速鼓翅飞翔，然后滑翔，姿势有点像雀鹰。鸣声清脆响亮，为三音节的"贵贵-阳"，繁殖期间几乎白天黑夜都能听到它的叫声。主要以昆虫为食，亦兼吃果类。在中国为夏候鸟，繁殖期为4-7月，不营巢，有巢寄生的习性，喜欢寄生于喜鹊等鸟类的巢中产卵，卵与寄主卵的外形相似，孵化后雏鸟会将寄主雏鸟推出巢外杀死。由于嗜吃害虫，同样属于国家"三有"保护动物。

绿翅金鸠·榕树

绿翅金鸠

芒种·观鸟

鹰鹃

黑枕王鹟 雀形目王鹟科的小型鸣禽，外形靓丽且极具辨识度。雄鸟除腹部和尾下覆羽为白色外，身体其他地方几乎全为青蓝色；枕部有一块黑斑，好像戴了一个王冠；胸前还有一条半月形的黑色胸带，很像礼服上的挂饰。雌鸟有点差别，背部灰蓝褐色，枕部无黑斑，胸前亦无黑色环带，其余和雄鸟相似。常单独或成对活动，机警、敏捷，树栖性，一般不下到地上活动和觅食，主要以昆虫为食。在中国云南、广西、广东和海南岛等地为留鸟，在四川、贵州为夏候鸟，在香港、福建为冬候鸟，繁殖期为4-7月。

芒种·观鸟

黑枕王鹟

绿翅短脚鹎　雀形目鹎科短脚鹎属的中型鸣禽。头部栗褐色，有一顶杀马特造型的羽冠，比较有辨识度；胸腹部棕白色，翅膀和尾巴橄榄绿色。常栖息于山林及周边，喜欢小群活动于树冠和灌丛。性格活泼大胆，敢于围攻猛禽及杜鹃。鸣声清脆，主要以野生植物果实与种子为食，也吃部分昆虫，食性较杂。留鸟，繁殖期为5-8月。

绿翅短脚鹎

　　黑短脚鹎　也是鹎科短脚鹎属的中型鸣禽。有两种羽色，一种浑身黑色，另一种头、颈白色，其余黑色。嘴红色，头顶羽毛尖耸，也有一顶杀马特造型的羽冠，野外特征明显，容易识别。主要栖息于中低海拔地带的树林中，也有些分布在中高海拔地带，且有明显的垂直迁徙现象。杂食性，主要以昆虫为食，也吃植物果实、种子。主要为留鸟，部分在长江以北地区繁殖的种群为夏候鸟，冬季迁到南方越冬，繁殖期为4-7月。

　　画眉　雀形目画眉科的中型鸣禽，广州市市鸟。眼圈白色，眼边各有一条白眉向后延伸，多呈蛾眉状，十分好看，故得此名。而且眼内由于视色素不同能产生各种色彩艳丽的"眼沙"，非常迷人。善鸣唱，鸣声婉转动听，特别是繁殖季节的雄鸟，鸣声更加悦耳动听和富有变化，被人称为"林中歌手"或"鸟类歌唱家"，古人因其叫声似"如意如意"而对其格外青睐。杂食性，主要取食昆虫，兼食草籽、野果。据说在冬天来临之前，画眉会将采集来的果实、种子收藏于地洞或石缝中，作为越冬的粮食，所以民间有谚语说："画眉多藏粮，大雪下得长。"画眉是中国特产鸟类，在长江流域及以南地区为留鸟，繁殖期为4-7月。求偶期间特别好斗，如果此时的雌画眉周围有两只以上的雄性竞争者，那么一场"恶战"将不可避免，打起架来抓、爬、滚、啄、插五艺俱全，毫不示弱，直到获胜者赢得雌画眉的芳心。画眉不仅是重要的农林益鸟，而且鸣声悦耳动听，又能仿效其他鸟类鸣叫，被誉为"鹛类之王"而驰名中外。画眉易被捕捉饲养，甚至大量出口国外，致使种群数量明显减少，目前已被列入国家二级重点保护野生动物。

　　乌鸫　雀形目鸫科的中型鸣禽，芒种三候的物候代表。除了眼圈和喙为黄色，全身黑色。歌声嘹亮动听，并善仿其他鸟鸣，自古有"反舌鸟""百舌鸟"之称。常结小群在地面上奔走觅食，甚至光顾垃圾堆。杂食性鸟类，食物包括昆虫、蚯蚓、种子和浆果。留鸟，繁殖期为4-7月。广泛分布于欧洲、非洲和亚洲，是瑞典国鸟。据说塞尔维亚语中的科索沃一词也来自乌鸫（kos），科索沃波尔耶的意思就是"有乌鸫的地方"。在古希腊传说中，乌鸫象征着珀尔塞福涅，与因吃了哈德斯的石榴而堕入地狱的冥后一样，传说乌鸫吃了石榴就会死。此外，乌鸫也出现在许多的欧洲民间文学中，如《六便士之歌》、圣诞颂歌《圣诞节的十二天》等。与乌鸦不同，乌鸫在欧洲并不被认为是厄运的象征。在悲剧《马尔菲公爵夫人》中，它的叫声被当作对灾难的预警。

海南蓝仙鹟 雀形目鹟科蓝仙鹟属的一种小型鸣禽。外形仙气十足，头部、胸部、背部和尾部均为魔幻般的蓝色，像是童话故事里的小精灵。然而，出众的颜值使得海南蓝仙鹟更容易被天敌发现，从而带来更大的风险。因此它们喜欢躲在枝叶茂密、密不透光的灌木丛和树冠层活动，主要以昆虫为食。海南蓝仙鹟不仅颜值高，还精通声乐。叫声甜美悦耳似鹊鸲，一到春天便争相炫耀婉转的歌喉，旋律复杂多变，又富有美感，有时竟能把鹊鸲、歌王百舌鸟都比下去。主要以昆虫为食。在海南岛为留鸟，在内陆为夏候鸟，繁殖期为4-6月。

海南蓝仙鹟

　　最后，要重点介绍下芒种二候的物候代表伯劳鸟——棕背伯劳，它属于雀形目伯劳科的中小型鸣禽。别看它个子小，它不但是"三有"保护鸟类，实际上属于雀中"猛禽"。它们和老鹰一样，拥有粗壮、带有利钩和齿突的喙，以及一双锋利的钩爪。它们不仅捕食昆虫，捕猎小鸟、青蛙、蜥蜴和老鼠等也不在话下。虽然它们的觅食习惯很像老鹰等猛禽，但是在分类上它们却和麻雀等小鸟一样被分为了"鸣禽"。除了凶狠，伯劳也有温柔可亲的一面，每当见到人或情绪激动时，它们还会像调皮的小狗那样不停地左右晃动尾巴。同时，它们还是著名的鸟类歌唱家，鸣声悠扬、婉转悦耳，还能模仿相思鸟、黄鹂等的叫声。伯劳在古时就很有名，成语"劳燕分飞"中的"劳"就是指它。元代《月令七十二候集解》中记载"芒种二候鵙（jú）始鸣"，意思是每逢春夏之交，伯劳鸟开始在枝头鸣唱。古人以物候辨识天气与季节，伯劳夏鸣而冬止的特性，成了天然时钟。据《左传·昭公十七年》记载，在距今四五千年前的上古五帝时，帝少昊曾以鸟名设官职，所设掌管冬夏至的官就叫作伯劳。所以伯劳几乎承载了中华五千年的农耕文化，从这点来说，就已经弥足珍贵，值得我们保护和传承。

芒种·观鸟

棕背伯劳

夏至·畫眉·石榴

时间：2022 年 6 月 26 日

地点：广州白云山风景区

天气：多云，30℃

夏至 · 观鸟

左图 画眉

夏至

　　是二十四节气中的第十个节气。此时，太阳黄经到达90°，于每年公历6月21日至22日交节。夏至这天，太阳直射地面的位置到达一年的最北端——北回归线，此时，北半球各地的白昼时间达到全年最长。这天正午时分北回归线地区会出现短暂的"立竿无影"奇景，"立竿无影"现象只会发生在北回归线以南和南回归线以北的赤道周边地区。对于北回归线及其以北的地区来说，夏至也是一年中正午太阳高度最高的一天。此时也是太阳北行的转折点，夏至过后，太阳直射点开始从北回归线向南移动，北半球白昼开始逐渐变短。民间有"吃过夏至面，一天短一线"的说法。

　　夏至气温高、湿度大、不时出现雷阵雨，主要是因为地面受热强烈，空气对流旺盛，午后至傍晚常易形成雷阵雨。这种热雷雨骤来疾去，人们戏称"夏雨隔田坎"，可见降雨范围有多小。唐代诗人刘禹锡，曾巧妙地借喻这种天气，写出"东边日出西边雨，道是无晴却有晴"的著名诗句。夏至时节，也是江淮一带的"梅雨"季节，这时正是江南梅子黄熟期，空气非常潮湿，冷、暖空气团在这里交汇，并形成一道低压槽，导致阴雨连绵的天气。来看看唐代元稹在《咏廿四气诗·夏至五月中》对夏至气候、物候的描述和现在有什么不同。

> 处处闻蝉响，须知五月中。
>
> 龙潜渌水穴，火助太阳宫。
>
> 过雨频飞电，行云屡带虹。
>
> 蕤（ruí）宾移去后，二气各西东。

　　诗词大意是，夏至时节，处处能听到蝉声，无论在树枝上还是草丛间，到处都有它们的身影。它在告诉人们一年的时光已来到五月中。按照古人的理解，夏至这天，阳气达到极致，阴气开始回升；阴阳二气，开始此消彼长，这就是古代道家阳极阴生的哲学思维体现。如何简易辨别夏至的到来，只要看蝉儿有没有感应到阴气开始鸣叫就行了。古代将夏至分为三候："一候鹿角解，二候蝉始鸣，三候半夏生。"一候鹿角解，意思是鹿的角朝前生，所以属阳，并且认为夏至日阴气生而阳气始衰，所以阳性的鹿角便开始脱落，而麋因属阴，所以在冬至日角才脱落（麋与鹿虽属同科，但古人认为，两者一属阴一属阳）；二候蝉始鸣，就是诗句中提到的知了在夏至因感觉到阴气生便鼓翼而鸣；三候半夏生，意思是半夏是一种喜阴的药草，因在夏日之半（仲夏）的沼泽地或水田中生长而得名。在炎热的仲夏，一些像半夏这样喜阴的生物开始出现，此时阴气生，正适合它生长，而阳性的生物却开始衰退了。

额联：神龙也畏惧炎热，潜在碧绿的潭水深处避暑；大地仿佛着了火一般，像在助力太阳释放出更大的热量。无不在说明夏至的炎热，这就是阳极的魅力。

颈联：每当下雨前，闪电频频飞驰；雨过天晴后，却看到一道道美丽的彩虹。"飞电、彩虹"，都是夏天绝美的自然景象。炎热的天地间，还有什么比一场暴雨更畅快淋漓的事。

尾联："蕤宾"离去后，阴阳二气也开始各奔东西了。"蕤宾"是古乐十二律中的第七律，属阳律，一曲"蕤宾"终了，也代表着阳气开始衰减，引起了诗人的人生感慨，岁月如梭，阴阳二气又开始转换，天地在不停地变化，我们人类又该何去何从？

带着这个疑问，我们来看看夏至的鸟类物候有没有什么变化。这次的地点还是大家熟悉的白云山景区，我就不多做介绍了。我们一共观察到5目16科23种鸟类，确实比上次春分时节来白云山时看到的少了不少，也就是俗称的夏季鸟荒开始了。

褐翅鸦鹃　鹃形目鸦鹃科的中型攀禽。成鸟最明显的外形特征为两翼和背部为棕红色，所以又有"红毛鸡"的别称。亚成鸟和成鸟差别较大，上体暗褐色，下体为暗灰色，都带有黑褐色横斑，有点像杜鹃。褐翅鸦鹃爱在地面活动，且食性较杂，主要以昆虫和其他小型动物为食，有时还吃一些种子和果实。留鸟，繁殖期为3-6月。雄鸟求偶时，会蓬松全身的羽毛，像孔雀开屏一样呈扇状展开尾羽，围绕和追逐雌鸟。褐翅鸦鹃是中国的重要经济鸟类资源，中医传统理论认为它具有较高的医用价值，两广民间很早以前就有捕捉红毛鸡泡酒的习惯，有"男饮蛤蚧酒，女饮毛鸡酒"的说法。毛鸡酒是一种妇科保健酒，清末民初已经行销到广州、香港、澳门等地。新中国成立后，更是畅销东南亚。由于大量的捕杀，褐翅鸦鹃这种曾经在两广一带十分常见的鸟类，几乎濒临灭绝。后来政府及时将其列为国家二级保护野生动物，禁止捕杀和售卖，境况才有所改善。

褐翅鸦鹃

噪鹃 鹃形目杜鹃科噪鹃属的中型攀禽。雄鸟有点像杜鹃，而雌鸟则像乌鸦，长相差别挺大，除了一双有点瘆人的红眼睛。经常只闻其声不见其影，因为它们总是喜欢停在大树的树梢，难以观察。喜欢日夜发出一种嘹亮且带有魔性的"喔哦"声，最多的时候能重复12次，而且音速和音高都逐渐增高，感觉捂着耳朵都挡不住，仿佛直击灵魂。主要以榕树、芭蕉、无花果等植物果实、种子为食，也吃昆虫，食性比杜鹃杂。留鸟，繁殖期为3-8月，和许多杜鹃一样有巢寄生的习惯，喜欢将卵产在黑领椋鸟、喜鹊和红嘴蓝鹊等体形差不多的中型鸟类的鸟巢中代孵代育，有点"厚颜无耻"，不过也别小瞧它，它也是国家"三有"保护动物。

栗背短脚鹎　雀形目鹎科短脚鹎属小型鸣禽，头顶黑色而略具羽冠。是中国特有鸟类，拥有银铃般的叫声。常栖息于低山丘陵的树林、灌丛和草地等环境。喜欢成对或小群在树冠活动，也在林下灌丛觅食。杂食性，主要以昆虫为食，也吃植物性食物，属于食虫益鸟。留鸟，繁殖期为4-6月。

红头穗鹛　雀形目画眉科伪穗鹛属的小型鸣禽，头顶棕红色，身体为橄榄绿褐色。常单独或成对活动于山地森林中，有时也结小群或与棕颈钩嘴鹛等其他鸟类混群。喜欢在林下灌丛中跳跃穿梭，主要以昆虫为食，偶尔也吃少量植物果实与种子。留鸟，繁殖期为4-7月。红头穗鹛属于食虫益鸟，被列入国家"三有"保护动物名录。

红头穗鹛

　　黑领椋鸟　雀形目椋鸟科的中型鸣禽，又称花八哥。整个头部和下体白色，中间为宽阔的黑色领环，眼周围为裸皮黄色，特征极为醒目，野外易辨识。留鸟，繁殖期为4-8月。黑领椋鸟善于鸣叫，能模仿人类及其他鸟类的声音，且非常通人性，因此有人将它当作观赏鸟饲养。它们和乌鸫一样喜欢在地面上奔走觅食，主要吃一些昆虫、蜘蛛等无脊椎动物，以及植物的果实和种子等，对控制虫害和植物传播有利，属于"三有"保护鸟类。黑领椋鸟的生存能力很强，它们既不挑食，也不挑环境，甚至有数据显示，随着城市环境恶化，植被破坏，它们的数量不减反增。因此，科学家或许能在它们身上发现动物和人类和谐共存的秘密。

黑领椋鸟

白鹡鸰　雀形目鹡鸰科的小型鸣禽，由黑白二色构成，外形有点像小喜鹊。白鹡鸰活泼好动，而且喜欢在地面活动，走起路来像一溜烟小跑，还会不停地上下摆动尾巴，总是一副急吼吼的样子。它们平时不爱出声，只有在飞行时才会发出清脆的叫声。而且飞行姿态很特别，翅膀一张一收呈现一上一下的波浪式飞行，每逢收翅膀跌落的时候，就会发出"机灵、机灵"好像在叫救命的声音，非常呆萌。白鹡鸰和天鹅一样，在成长中也有"丑小鸭"的阶段。成鸟白色的地方，亚成鸟却是灰色的，所以小时候很容易被误认为是灰鹡鸰。白鹡鸰在中国中北部广大地区为夏候鸟，华南地区为留鸟，繁殖期为4-7月。白鹡鸰也是农林益鸟，主要以昆虫为食，所以属于国家"三有"保护鸟类。

白鹡鸰

看来，古人所说的夏至阳极阴生，即喜阴的生物开始旺盛（出现），喜阳的生物开始衰退（消失），在鸟类的物候方面也开始体现出来了。至少从表面上看，夏候鸟、过境鸟已经越来越少，冬候鸟又未至，以至于出现鸟荒的物候现象。不管原因是否真是出于阴阳二气的变化，古人总结的物候经验还是挺有道理的，值得我们借鉴。

小暑、黑喉噪鶥、鳳凰木

左图 黑喉噪鹛

小暑·观鸟

小暑

　　是二十四节气中的第十一个节气。暑，是炎热的意思，小暑为小热，还不是最热，紧接着下一个节气就是一年中最热的大暑，民间有"小暑大暑，上蒸下煮"之说，看来不光是热，还离不开湿。

　　小暑开始进入伏天，所谓"热在三伏"，三伏天通常出现在小暑与处暑之间，是一年中气温最高，又潮湿、闷热的时段，大地少有凉风，而且吹的风还会带着热浪。造成三伏天又湿又热的原因是，我国大部分地区属于季风气候，三伏天吹东南风，而东南方吹来的正是太平洋暖湿气流。因此三伏天"高温、高湿"是我国东部和南部地区的气候特点。来自海洋的暖湿气流，造成我国多地高温、多雨，南方各地进入雷暴最多的时节，热带气旋也活动频繁。总之，小暑节气的气候特点是天气炎热、潮湿、多雨、雷暴增多。但对于农作物来讲，雨热同期更有利于成长。唐代元稹在《咏廿四气诗·小暑六月节》中对小暑节气的气候和物候描述：

　　　　倏忽温风至，因循小暑来。

　　　　竹喧先觉雨，山暗已闻雷。

　　　户牖（yǒu）深青霭，阶庭长绿苔。

　　　鹰鹯（zhān）新习学，蟋蟀莫相催。

　　诗词大意是，随着小暑的临近，一夜之间，温热的南风就这样吹过来了，好像是为了策应小暑节气的到来，让人们充分感受盛夏的热情。诗人一上来就把小暑三候"一候温风至；二候蟋蟀居宇；三候鹰始鸷（zhì）"的第一候"温风至"给点了出来，可见盛夏的热情是多么令人印象深刻。

　　颔联：竹子摇摆的喧哗声已经表明大雨即将来临，山色灰暗仿佛已经听到了隆隆的雷声。此时的雨，已经变成雷阵雨，而且通常是电闪雷鸣的大暴雨，雨后的天空有时还会出现彩虹，而不再是之前梅雨季节渐淅沥沥的小雨了。雷和雨，一刚一柔，共同滋润着万物生长。要不怎么会说，夏天是一个天地气交、万物华实的季节呢。

颈联：诗人将镜头由远处拉近到庭院，只见门窗外深藏着青色雾霭，台阶和院落长满了青苔。之前连绵不绝的梅雨，使得万物得以快速生长，大地铺上了绿衣，但是潮湿得连人都快发霉了。没想到小暑一来，照样雷雨阵阵，潮湿的环境一样没有好转，从而庭院爬满了青苔。俗语说"小暑一声雷，倒转做黄梅"，意思是说在梅雨过去以后，"小暑"节气假如出现打雷，那么潮湿的梅雨天气又好像倒转回来了。看来，小暑果真是又热又湿的季节，自古就没变过。

尾联：说的是三候中的"蟋蟀居宇"和"鹰始鸷"。此时，老鹰因地面气温太高而在清凉的高空中翱翔天际，一是为了纳凉，二是训练自己搏击猎物的本领。最顽皮的莫过于蟋蟀，它也因为躲避炎热，而把它的家从田野搬到屋檐下来了。那一声声的叫声，仿佛在催促诗人，新的节气又来了，他的光阴也就更加少了。可怜鬓角的一缕白发，是不是被它叫白的呢？

小暑时节，连蟋蟀这样的小动物都知道躲到人们的屋檐下避暑，鸟类也大都躲起来纳凉去了，所以这次在白云山景区观测到的鸟种史无前例地少，一共只有5目15科18种，实锤了鸟荒季的到来。

先来看看古人在小暑三候中唯一提到的鸟类现象"鹰始鸷"。我们在白云山见到了蛇雕，这是一种鹰科的大中型猛禽。它头顶有黑色带有白点的羽冠；上体深褐色，下体淡褐色；飞羽暗褐色，边缘有白色花纹；尾羽黑色，中间有一条很宽的浅白色带状横纹。多栖息在高大的密林中，喜欢在林地及边缘的高空盘旋飞翔，叫声似"忽溜、忽溜"的哨音。以蛇、蛙、蜥蜴等为主要食物，也吃鼠、鸟类、蟹及其他甲壳动物。留鸟，每年3-5月繁殖，广泛分布在中国和东南亚地带，属于国家二级重点保护野生动物。

蛇雕是真正的捕蛇能手。它的跗跖上覆盖着坚硬的鳞片，一片一片紧密地连接在一起，能够抵挡蛇的毒牙进攻；身体上的宽大翅膀和丰厚羽毛也能阻挡蛇的进攻；它的脚趾短而粗壮，能够有力地钳住滑溜的蛇身，防止其逃脱。蛇雕吃蛇的方式十分奇特，当逮住蛇时，不像其他猛禽那样撕咬蛇肉，而是等蛇筋疲力尽后，一口吞下。蛇雕的喙没有其他猛禽发达，但它的颚肌非常强大，能将蛇的头部咬碎，然后从头部、身体、尾巴一点一点将整条蛇吞下去。在饲喂幼鸟的时候，亲鸟还懂得将蛇尾巴留在嘴角外，让幼鸟叼住蛇尾拽出来吃掉哦！最搞笑的是，蛇雕将蛇吞下之后，往往会做出一副十分怪异的动作。它们会朝着太阳的方向，不断地挺胸抬头，用呆滞的目光凝视着太阳，就像在进行某种神秘的仪式。原来这是蛇雕为了抵御被活吞下去还在腹中扭动的蛇身，不得不用胸部发达的肌肉去抑制蛇身的扭动，同时扩张气管防止窒息。

　　由于蛇雕的神秘，关于它还有个有趣的典故呢。古人称蛇雕为"鸩"，因为它经常吃有剧毒的蛇类，所以被误认为有毒。据传将它的羽毛浸泡在酒中，就能制成毒酒，因此有了"饮鸩止渴"的成语，比喻只图眼前，不顾后患。实际上，现代科学已经为蛇雕正名，原来这些说法都是杜撰的。我们保护鸟类，一定要讲科学，千万不能这么荒唐儿戏。

蛇雕

小白腰雨燕　雨燕目雨燕科的小型攀禽。腰部白色，尾为平尾，不是像家燕那样分叉的燕尾。飞翔快速，常在快速振翅飞行一阵之后又伴随着一阵滑翔，二者常交替进行。主要以膜翅目等飞行性昆虫为食。

多在飞行中捕食。留鸟，繁殖期为4-7月。种群数量稀少，属于国家"三有"保护野生动物。

小白腰雨燕

小暑·观鸟

　　蓝喉拟啄木鸟　鴷形目拟啄木鸟科的小型攀禽，身体主要由明亮的蓝绿二色构成，头顶鲜红色，颜值靓丽。以榕树和其他树木的果实、种子、花等植物性食物为食，也吃少量昆虫和其他动物性食物。留鸟，繁殖期为4-6月。蓝喉拟啄木鸟在中国分布区域狭小，种群稀少，比较罕见，属于国家"三有"保护野生动物。

蓝喉拟啄木鸟

　　强脚树莺　雀形目树莺科的小型鸣禽，是一种全身暗褐色的树莺，和柳莺、缝叶莺外形有点相似。常单独或成对活动，性格胆小而善于藏匿，总是偷偷摸摸地躲在林下灌丛或草丛中活动和觅食，一般难以见到。不善飞翔，常在茂密的灌丛中敏捷地跳跃穿梭或在地面奔跑。爱吃昆虫，属于食虫益鸟，兼食一些野果、杂草种子等。留鸟，繁殖期为5-8月，属于国家"三有"保护动物。

　　栗颈凤鹛　雀形目绣眼鸟科凤鹛属的小型鸣禽，头上有一顶三角形的灰色羽冠。曾经是栗耳凤鹛的亚种，现已单独立种。非繁殖期通常成10多只至20多只的小群活动，有时甚至集成上百只的大群。喜欢在小乔木或高的灌木顶部活动，很少下到地上和灌木底层，只有在危急时才飞落灌丛和草丛中逃走。主要以金龟子等昆虫为食，也吃植物果实与种子。留鸟，繁殖期为4-7月，巢多置于其他鸟类废弃的巢洞或天然洞中。

红胸啄花鸟　雀形目啄花鸟科的小型鸣禽。体形比较娇小，羽色靓丽。雄鸟上体呈闪亮的金属绿色，下体棕黄，胸部有一个标志性的红色块斑，比较有辨识度。雌鸟则没有雄鸟鲜艳，上体呈橄榄绿，下体为棕黄色。红胸啄花鸟特别喜欢吃槲寄生植物的果实，由于这类果实含有非常黏稠的物质，纵使经过小鸟的肠道排出，也依然非常黏稠，容易粘到小鸟停留的树枝上，所以红胸啄花鸟等于帮助槲寄生植物进行了种子传播，两者的关系十分有趣。红胸啄花鸟是南方常见留鸟，繁殖期为6-7月。其体形玲珑小巧，羽色绚丽多彩，是一种较有观赏价值的鸟儿。

红胸啄花鸟

红胸啄花鸟·腊梅

　　听外地的朋友说，今年的鸟荒格外严重，估计和气候炎热息息相关。根据国家气候中心监测，6月以来的罕见高温天气，有可能是1961年我国有完整气象记录以来最强高温。而且，不光我国，欧洲、亚洲、美洲等地均出现了破纪录的高温，不少区域的气温都达到了40摄氏度以上，甚至还有50摄氏度的高温区域出现，地球热得要冒烟了。据报道，瑞士平均气温较工业化前已经升高了大约2摄氏度，局部打破了《巴黎协定》1.5摄氏度以下的目标。德国专家推测，2022年整个阿尔卑斯山区的冰川融化量可能比往年增加约50%，将成为一个创纪录的冰川融化年份。照此发展，阿尔卑斯山脉海拔3500米以下的冰川将会在未来几年内消失殆尽。不止欧洲，两极地区的冰川消融也在加速。据最新研究表明，过去40多年中，北极地区的变暖速度几乎是世界平均水平的4倍。世界气象组织预计，2022年有可能成为有记录以来最热年份，全球年平均气温能否守住《巴黎协定》1.5摄氏度以下的目标十分令人担忧。

　　气候、物候都在提醒我们，地球变暖的趋势越来越快，咱们真的要抓紧了。保护身边环境，保护鸟类等生灵，保护生态，保护自然，保护地球，保护人类自己，能做一点是一点吧，要不然在沙漠里吃烧烤可能就会成为我们这代人的宿命了。

大暑・斑姫啄木鳥・柿子

时间：2022 年 7 月 31 日

地点：广州白云山风景区

天气：雨，30℃

左图　斑姬啄木鸟

大暑 · 观鸟

大暑

在二十四节气中排行十二，也是夏季的最后一个节气。"暑"是炎热的意思，大暑，指炎热之极。大暑节气正值"三伏天"里的"中伏"前后，是一年中最热的节气。《月令七十二候集解》曰："大暑，六月中。暑，热也，就热之中分为大小，月初为小，月中为大，今则热气犹大也。"大暑节气"湿热交蒸"到达顶点，高温酷热、雷暴、台风频繁，雨量充沛，是农作物生长最快的时期。

古人将大暑分为三候："一候腐草为萤；二候土润溽(rù)暑；三候大雨时行。"一候说的是每到大暑时节，腐草就会化作萤火虫。其实是古人搞错了，因为大暑又热又湿，细菌也容易滋生，许多枯死的植物因此潮湿腐化，萤火虫就会集中在腐草败叶上飞来飞去寻找食物；二候是说大暑时节的土壤高温潮湿，很适宜水稻等喜水作物的生长；三候是说在这雨热同季的潮热天气，天空中随时都会形成雨水落下。

我们来看下唐代元稹的《咏廿四气诗·大暑六月中》，感受一下古人是怎么度过炎炎夏日的。

> 大暑三秋近，林钟九夏移。
>
> 桂轮开子夜，萤火照空时。
>
> 菰果邀儒客，菰蒲长墨池。
>
> 绛纱浑卷上，经史待风吹。

诗词大意是，每当大暑来临的时候，离秋天也就不远了；这好比我们每当听到林钟的律音，就好像听到了飘然而至的九夏的乐声。

颔联：这个时候，圆圆的月亮会在子夜升起，萤火虫也会在夜晚凭空上下翻飞，划出一道道明亮闪烁又转瞬即逝的光痕。诗人看到了星河皎洁、月光澄明，还有其他季节看不到的萤火虫。它们只会在大暑最热的季节才会出现。古人无法解释它们是如何出现的，就误以为它们是腐烂的草根化生而成的。其实，"腐草为萤"说的是萤火虫产卵的事。它们多在夏季水边的草根上产卵，幼虫入土化蛹，次年春天变成虫。在这个炎热的时节，人们都躲到阴凉处蔽日，而萤火虫却在此时孵化出壳。虽然它的生命只有短短的一个夏季，但它选择在最热的时节来到这个世界，那种迎难而上的精神却是让人钦佩，而且在酷暑中给人们带去无限的浪漫和清凉。

颈联：这个时候，诗人打算用菰米招待远道而来的文人墨客，因为菰蒲总是快速生长在清幽、雅致的墨池里，结出的菰果也带有一丝雅气，最适合招待尊贵的儒客。也暗指大暑节气植物生长很快，三五天不留意，它们已经长得很茂盛了。菰果即菰米，在夏天有消暑的作用，现在人们很少再能见到菰米了，但是在古代它可是六种稻谷中的一种。《本草纲目》中记载，菰米的主要作用是能够解热消暑，但因为本身的营养价值比较高，而且产量也很低，所以它的价格非常昂贵。

尾联：写朋友久候未至，诗人就卷起红色的纱帐，躺在床上休息等候。不过还是热得睡不着，诗人想通过看书让自己安静下来，可是还是做不到。所以，才借喻连书都和他一样等待凉风来吹，活灵活现地写出了在酷暑天气对凉风的期盼。

纵观全诗，诗人描述了大暑的酷热与浪漫，更通过"大暑三秋近"写出了一种伤感，因为最热闹的夏天，就要落下帷幕了。时光如流水，总是不等人。如果你也喜欢在大暑夏夜看萤火虫，就不要错过这绝佳的节气，不妨"轻罗小扇扑流萤"，感受一下童年有趣的时光。或者学我们去户外观鸟，虽然大暑时节天气炎热，鸟类的活动也相应减少，但是出一身汗，换一顿自然风光大餐，同时为保护鸟类做点贡献，既锻炼了身体，又低碳环保，也是不俗的。

蓝喉蜂虎　佛法僧目蜂虎科的小型攀禽，是一种比较有特色且罕见的留鸟，属于国家二级保护动物。蓝喉蜂虎拥有五彩斑斓的羽毛，再加上标志性的蓝色喉咙，同时驾驭了许多颜色，极具观赏价值，被誉为"中国最美的小鸟"。它们喜欢在灌丛、草坡、农田、海岸、河谷和果园等地活动，食物颇有特色，以蜂类昆虫为主。蓝喉蜂虎的狩猎技巧和它娇小的体形十分不符，甚至可以说分外强悍。它们捕猎前会先站在树上观察环境，一旦飞虫出现在几十米范围内，它们就瞬间弹射飞出，迅猛命中目标。因此，李时珍曾在《本草纲目》中专门提到"狗、虎、狮皆兽之噬物者。此鸟喜蜂，故得此类命名。"所以蓝喉蜂虎名字中的"虎"字，其实是古人对它凶猛的狩猎技巧的称赞。蓝喉蜂虎筑巢方式很特别，是在沙地上打洞。巢洞虽然安全，但寄生虫较多，于是蓝喉蜂虎时常找干燥的泥地打滚，再配合日光浴消毒，非常有趣。

蓝喉蜂虎

远东山雀　雀形目山雀科的小型鸣禽，属于大山雀的独立亚种，是著名的食虫鸟，主要捕食松毛虫、天牛幼虫、蝗虫、蝇类等害虫，是农业、林业及果区中极为重要的益鸟。据统计，远东山雀在育雏期雏鸟每小时能吞食松毛虫10条左右。留鸟，繁殖期为3-8月，一年产卵两次。它们对于建窝地点不挑剔，不论是树间、石隙、屋檐、墙缝、废旧的鹊巢，还是人工巢穴，只要能栖身产卵即可。属于国家"三有"保护动物。

远东山雀

　　金头缝叶莺　雀形目树莺科属伪缝叶莺属的小型鸣禽，你可以把它理解为长尾缝叶莺的升级版。它们拥有金色的头顶和黄色的腹部，更加艳丽。这是一种比较罕见的莺类，它的习性和长尾缝叶莺非常相似，叫声更甜美而多变，有点像"叮当"声，也同样是筑巢高手。留鸟，繁殖期为3-7月。

　　淡眉雀鹛　雀形目幽鹛科的小型鸣禽，灰头大眼很可爱的样子。群栖型鸟类，性格喧闹而好奇，非常活泼好动，常在林下灌丛间窜来窜去，很少在一个地方停留较长时间。常与其他种类小鸟混合于"鸟潮"中，敢于大胆围攻小型鸮类及其他猛禽。属于中国特有鸟类，主要分布于华南地区和海南岛。留鸟，繁殖期为4-6月。

　　蓝翅希鹛　雀形目噪鹛科的小型鸣禽，外形雅致，清丽脱俗。常成对或成小群活动，有时也和相思鸟等集成小群。多在乔木或矮树的枝叶间、林下灌木丛中活动和觅食。性格活泼，常频繁地在树枝间飞来飞去或在枝头跳跃，不时发出清脆的叫声。主要以白蜡虫、甲虫等昆虫为食。留鸟，繁殖期为5-7月。

淡眉雀鹛

大暑·观鸟

蓝翅希鹛

　　褐胸鹟　雀形目鹟科的小型鸣禽，具有黄褐色胸斑。性格胆怯而隐秘，常在树下部茂密的低枝上，长时间一动不动，当有昆虫飞过时，会飞到空中去捕食，然后又飞回原处。较安静，很少鸣叫，但鸣叫声非常悦耳，并且在鸣叫的时候全身的羽毛常常蓬松，双翅半张开并频繁抖动。主要以昆虫为食，也吃蜘蛛等其他小型无脊椎动物。在中国大部分地区主要为夏候鸟，在云南为留鸟。每年4月间迁来中国繁殖地，繁殖期为5-6月，属于国家"三有"保护鸟类。

褐胸鹟

大暑·观鸟

时间：2022 年 8 月 14 日

地点：广州火炉山森林公园

天气：多云，30℃

立秋·观鸟

左图 褐赤鹟鹛

立秋·褐翅鸦鹛·红叶

立秋

是二十四节气中的第十三个节气，也是秋季的第一个节气。按照传统的天文和四季划分方法，以二十四节气中的"四立"作为四季的开始，因此秋季是以立秋为起始点，至立冬前结束。立秋是阳气渐收、阴气渐长，由阳盛逐渐转变为阴盛的转折。在自然界，万物开始从繁茂成长趋向萧瑟成熟。

立秋并不代表酷热天气就此结束，还在暑热时段，尚未出暑，要到秋季第二个节气（处暑）才算出暑，因此初秋期间的天气仍然很热。所谓"热在三伏"，又有"秋后一伏"之说，立秋后还有至少"一伏"的酷热天气。按照"三伏"的推算方法，"立秋"这天往往还处于中伏期间，也就是说，酷暑并没有过完，真正有凉意一般要到白露节气之后。酷热与凉爽的分水岭并不是在立秋节气。

进入秋季后，气候由夏季的多雨湿热向秋季的少雨干燥过渡。在自然界中，阴阳之气也开始转变，万物随阳气下沉而逐渐萧落。秋季最明显的变化就是草木的叶子从繁茂的绿色到发黄，并开始脱落，庄稼则开始成熟。立秋是古时"四时八节"之一，民间有祭祀土地神、庆祝丰收的习俗。还有"贴秋膘""咬秋"等习俗。

我国古代将立秋分为三候："一候凉风至；二候白露生；三候寒蝉鸣。"意思是说立秋过后，刮风时人们会感觉到凉爽，此时的风已不同于夏天的热风；接着，大地清晨会有雾气产生，并且秋天感阴而鸣的寒蝉也开始鸣叫。实际上，我国多数地方立秋至处暑这段时间还很闷热，并没有"凉风至""白露生""寒蝉鸣"等现象。唐代元稹在《咏廿四气诗·立秋七月节》是这样描述立秋的：

不期朱夏尽，凉吹暗迎秋。

天汉成桥鹊，星娥会玉楼。

寒声喧耳外，白露滴林头。

一叶惊心绪，如何得不愁？

诗词大意是，不经意间，炎热的夏天就这样走到了时间的尽头，悄悄吹起的凉风偷偷迎来了秋天。有不舍、有留恋、有怀念。夏天带给我们的，总是热烈、肆意、激情与希望，于是当一缕凉风吹至，便会有似水流年之感。除了感怀，诗人还巧妙地把立秋一候"凉风至"给偷偷点了出来。

颔联：夜晚的星河之上是谁搭成了一座鹊桥，让牛郎织女幽会在仙居？天汉，指银河，夜晚横挂天空，仿佛搭成了一座鹊桥，让牛郎织女幽会在美丽的玉楼仙境。如果首联感叹的是"凉风至"，那么第二联则是期待"鹊桥会"。秋天，也有令人神往的日子，美丽的七夕节就在七月七，奉劝人们不要因为秋天的到来而过度感怀忧伤。

颈联：寒蝉鸣叫声在耳畔喧闹响起，晶莹的露珠在林间枝头缓缓滴下。这里的"寒声"是理解全诗的关键。不了解节气物候的人，很容易将"寒声"理解为寒冷的秋声。其实，寒冷的秋声又怎么能够喧闹呢，显然与"喧耳外"不符合。再结合立秋三候（凉风至；白露生；寒蝉鸣），就恍然大悟了。这里的"寒声"指代的是寒蝉的鸣叫声，与下半句的"白露"形成对仗，巧妙地将立秋二候、三候编织在一起，不得不赞叹元稹先生的高妙。

尾联：一片衰落的黄叶惊起了心中的愁绪，怎样才能够摆脱这样的忧愁呢？诗人这一句感叹，可谓立秋的名句。秋天，就在那一片片变黄的叶子里，悄然而至。当人们面对肃杀的秋天，面对阵阵凉意，心中怎能不想起半年前的春天、去年的秋天，乃至人生的秋天。秋天是美丽的，秋天也是伤感的，因为秋后，许多大自然的生灵都将离开这个世间，包括上面的寒蝉和之前提到过的萤火虫、螳螂。面对即将凋零的万物，人们心中自然会生出同样的悲伤情绪。

"如何得不愁"呢？自古以来没有完美的答案。连《黄帝内经》都劝人们在秋天要"使志安宁"，不要过分悲秋，否则会对身体造成伤害。当然我们现代人生活充实忙碌，没有时间为这些感怀，更没有必要。与其悲秋，还不如用在担心地球环境恶化上，如果秋天还因为温室效应凉不下来的话，那才是大难将至呢！我们将看到冰川消融，海面上升，粮食歉收，能源枯竭，远古病毒复苏等灾难大片的场景。届时就不仅是寒蝉需要担心了，而是真正的生灵涂炭。

所以，请大家打起精神来，忘掉悲伤，抛弃忧愁，一起为身边的自然环境保护做点小事，做好垃圾分类，不乱丢弃杂物，少用塑料制品，都很有意义。也可以和我们一起去观鸟、保护鸟类，立秋时节，广州的野生鸟类仍以留鸟及夏候鸟为主，而且因为天气炎热，鸟荒仍在继续，可见到的鸟种不会太多。但鸟荒不也是自然规律吗？值得我们去观察和探究。

白鹇　鸡形目雉科鹇属的大型陆禽。一种体态优美华丽的雉鸡，属国家二级保护动物，是古人口中典型的珍禽。白鹇是留鸟，喜欢栖息在温暖舒适的亚热带常绿阔叶林中。它们食性较杂，既吃植物的嫩叶、幼芽、花、茎、浆果、种子，也吃昆虫、蜗牛等。白鹇自古被历朝历代的文人墨客所喜爱，《禽经》记载"似山鸡而色白，行止闲暇"，诗仙李白更是钟爱白鹇，曾专门作诗《赠黄山胡公求白鹇》，清朝干脆将白鹇作为五品文官的官服图案，足可见对其之重视。此外，白鹇在哈尼族被当作图腾，被认为是吉祥、幸福、安全的象征。

白鹇

小鳞胸鹪鹛　雀形目鳞胸鹪鹛科的小型鸣禽。尾短小，像一只没有尾巴的小鸟。胸、腹部有明显的鳞状斑，像鱼鳞一样，因此得名。特别胆小，常躲在茂密的灌丛、竹丛和草丛中活动和觅食，一般不到开阔的草地活动，也很少起飞，喜欢在地面急速奔跑，形似老鼠，因而不易见到。但活动时频繁发出一种清脆而响亮的特有叫声，根据其叫声很容易发现它。主要以昆虫和植物叶、芽为食。留鸟，繁殖期为4-7月。

小鳞胸鹪鹛

立秋·观鸟

斑文鸟　雀形目雀科文鸟属的小型鸣禽，下体白色有明显的暗红褐色鳞状斑，是中国华南和西南地区农村常见鸟类之一。喜欢成群活动，常成20-30只甚至上百只的大群活动和觅食，有时也与麻雀和白腰文鸟混群。休息时喜欢紧紧挨在一起，在树枝上排成一排，非常可爱。主要以谷粒等农作物和野生植物果实与种子为食，繁殖期间也吃部分昆虫。留鸟，繁殖期为3-8月，1年能繁殖2-3窝。

斑文鸟

大嘴乌鸦 又叫巨嘴鸦，是雀形目鸦科鸟类中体形最大的鸟类之一，额头特别突出，叫声单调粗犷，似"呱－呱－呱"声，非常具有辨识度。是中国常见的留鸟，繁殖期为3-6月，雏鸟晚成性。多成3-5只或10多只的小群活动，聪明、机警又大胆，常到居民的院落、打谷场、猪圈、牛棚等处觅食，一旦有人则立即发出警叫声，全群一哄而散，飞到附近树上，待人离去又飞回去觅食。有时甚至偷偷跟在耕地的农民后面，啄食从土壤中犁出的食物或站在牛背上啄食寄生虫。杂食性，昆虫、雏鸟、鸟蛋、鼠类、腐肉、动物尸体以及植物的叶、芽、果实、种子和农作物种子等都吃，也喜欢翻找城市垃圾觅食。有人戏称，一个城市的"垃圾围城"等环境问题是否突出，看乌鸦数量就知道。所以别嫌弃乌鸦长相难看、叫声难听，其实是城市的清道夫和环境指向标，还是很有用的。

大嘴乌鸦

麻雀 雀形目雀科麻雀属的小型鸣禽。可以说是最常见的小鸟之一，多活动在有人类居住的地方，性格活泼、大胆、好奇心强。喜欢群居，以前在秋季时易形成数百只乃至数千只的大群，俗称"雀泛"，现在已经很难见到了。麻雀非常聪明，有较强的记忆力，和其他许多小型雀类不同，如得到人的救助，会对救助过它的人表现出亲近，而且会持续很长的时间。麻雀也非常团结，当有鸟类入侵居住地时，会联合起来直至将入侵者赶走为止。麻雀为杂食性鸟类，夏、秋主要以禾本科植物种子为食，育雏期则主要以禾本科植物的害虫为食，冬季和早春则以杂草种子为食。以前人们认为麻雀爱偷吃谷物粮食，所以对它们带有偏见，动辄捕杀驱赶。后来随着农药、除草剂的泛滥，人们才幡然醒悟，原来最健康的除虫、除草方法，就是利用这些鸟类去维持田间的生态平衡。没有它们的辛勤付出，又哪里会有真正的丰收？它们吃掉的那部分粮食，其实是它们应得的酬劳。所以后来麻雀也被列入国家"三有"保护鸟类，好在亡羊补牢，犹未为晚，没有酿成生态灾难。

麻雀

立秋·观鸟

金翅雀　雀形目燕雀科金翅雀属的小型鸣禽，翅上翅下都有一块大的金黄色块斑，无论站立还是飞翔时都很醒目。常单独或成对活动，秋冬季节也成群活动。以植物果实、种子、草籽、谷粒等为食。留鸟，繁殖期为3-8月，在北方1年繁殖1-2窝，在南方能达到2-3窝，雏鸟晚成性。

金翅雀

溽暑・藍候蜂虎・石榴

时间：2022 年 8 月 28 日

地点：广州黄埔大吉沙岛

天气：晴，35℃

左图　蓝喉蜂虎

处暑·观鸟

处暑

是二十四节气中第十四个节气，也是秋季的第二个节气。处暑，又称为"出暑"，表示离开炎热的意思。《月令七十二候集解》解释说："处，止也，暑气至此而止矣。"可见"处"又是终止的意思，意味着"三伏天"已接近尾声，暑气即将结束。

处暑过后，虽然白天气温仍旧较高，但日夜温差不断增大，夜间气温已越来越舒适宜人，整体气温呈现明显下降的趋势。这主要是因为太阳直射点不断从北回归线向赤道南移，对于北半球来说太阳辐射继续减弱。受其影响，处暑节气后的雷暴活动也不像夏天那么活跃，天空开始呈现秋高气爽的特性。

处暑时节，我国南方大部分地区正是收获中稻的农忙时节。因为此时的日夜温差增大，由于昼暖夜寒，有利于农作物白天高效吸收养分，晚上加以储存利用，因而庄稼成熟得很快，一天一个变化。而且此时的日照比较充足，雨水不多，有利于中稻的割晒，因此自古流传着"处暑和田连夜变""处暑三日无肯谷""处暑三朝稻有孕""处暑满田黄，家家修廪仓"等的说法，全都说明处暑节气后，是收获农作物的重要时刻。

中国古代将处暑归纳为三候："一候鹰乃祭鸟；二候天地始肃；三候禾乃登。"分别描述了三种代表性的物候现象。一候说的是处暑节气的前五天，会观察到老鹰开始大量捕猎小鸟，并把它们整齐地挂在树枝上，好像在举办神秘的祭祀一样；二候也就是第二个五天开始，万物出现凋零的趋势，草木渐黄，云淡天高，天地间呈现一片肃杀之气；三候也就是处暑节气的最后五天，庄稼开始成熟，"禾"指的就是黍、稷、稻、粱等农作物，"登"即成熟的意思，"禾乃登"其实就是"五谷丰登"的意思。

来看看唐代元稹的《咏廿四气诗·处暑七月中》又是如何描述处暑的：

向来鹰祭鸟，渐觉白藏深。

叶下空惊吹，天高不见心。

气收禾黍熟，风静草虫吟。

缓酌樽中酒，容调膝上琴。

　　诗人在首联就提到了处暑三候中的"一候鹰乃祭鸟"。为什么会有鹰祭鸟的现象呢？原来从处暑开始，老鹰感到秋意来临，为了储存能量过冬，开始大量捕获小鸟。与此同时，由于秋季到处是成熟的庄稼，鸟儿们也开始在田间地头养秋膘，数量又多，身体又肥。老鹰很容易就捕获这些小鸟，于是吃也吃不完，就挂在树枝上当作食物储备，出现了人们误解的"鹰祭鸟"现象。古人看到这样的现象，就明白秋天已经来临，虽然暂时可能还看不到深秋落叶满地的沧桑景象，但是预示着白露已经藏在很深的树叶草丛间，秋意渐浓，万物也将迎来凋零的命运。

　　颔联：诗人通过一个"空"和一个"高"字，突出了秋天的空寂与高远，同时也写出了诗人内心的空寂与悲悯。这句呼应的是处暑三候中的"二候天地始肃"，秋风无情地吹拂着树叶，发出"哗啦啦"的声音，同时也吹散了漫天白云，露出了高不见顶的天空。天地间一片单调、萧瑟的景象，仿佛老天爷都失去了怜悯之心，任凭万物迎来肃杀之气，等待凋零与捕杀的悲惨命运。

　　颈联：呼应的是处暑三候中的"三候禾乃登"。诗句中的"禾黍熟"与"禾乃登"是同一个意思，"禾黍"也泛指黍、稷、稻、粱等农作物，"熟"与"登"都是成熟的意思。这里再次强调了秋风起，农作物很快要成熟了，即将迎来古时农耕社会最重要的丰收季节。在这重要时刻，似乎连秋风都安静了下来，带来了丝丝凉意，连虫儿们都轻快地吟唱起来。我们能明显感到诗人的情绪从肃杀与悲悯中走了出来，通过对秋天丰收的渴望与憧憬，展现了秋天安静祥和的一面，让人们不必过于伤怀。

　　尾联：诗人从万物的变化，生出许多人生感慨。既然时光流逝不可逆转，生死枯荣亦是自然规律，何不看开一点，不如饮一杯美酒，弹一曲佳音，放下无谓的烦恼，潇洒面对。

原来，处暑在古人眼里是这样一个既伤感又值得期盼的季节，这种矛盾反而容易让人思绪繁多、百感交集，怪不得秋天总是给人一种充满诗意的感觉。然而，对鸟类来说，虽然随着农作物的丰收，食物越来越丰富，可是被捕猎的风险也逐渐增大，何况气温的变化又时时刻刻提醒那些候鸟再次到了离别的时候，即将踏上前途未卜的归程。对它们来说，秋天更是一个充满机遇和生存挑战的季节。

我们带着对"鹰祭鸟"现象的好奇，选择了有可能出现田间猛禽和秋迁候鸟的大吉沙岛作为这次的观测点。

大吉沙岛位于广州黄埔区，是黄埔水域中的一个天然形成的江心岛。岛西面靠近长洲岛，北面与黄埔港对望。全岛周长约6千米，面积1500多亩，由大吉沙、生鱼洲、剑草围三个部分组成。大吉沙岛被广州人戏称为"世外桃源""最后一片净土"，因为那里是广州最后一个既没通桥又不通车，至今仍然靠摆渡进出的江心岛，保留了比较原始的岭南田园水乡生态模式。岛上的生产活动以农业和渔业为生，近年来，随着"都市锦田计划"对该岛进行了观光农业项目的重点改造，包括乡村振兴、高标准农田建设、示范社区建设等多项工作，使得大吉沙岛不但进一步保留了"都市田园"和"广州后花园"的特色风貌，而且在防洪防汛、生态环境等方面有明显的改善，成为鸟类驻足与栖息的观光热点，吸引了许多像我们这样的观鸟爱好者慕名前往。

一上岛就看到了处暑节气"一候鹰乃祭鸟"现象的代表人物——黑翅鸢，又称灰鹞子，鹰形目鹰科的中小型猛禽。外表靓丽，白色的身体配上蓝灰色的翅膀，还有血红色的眼睛，有种神秘而高雅的气息。它们一般单独或成对活动，主要以田间的鼠类、小鸟、昆虫、爬行动物等为食，是当之无愧的捕鼠专家，捕获的食物中鼠类占比高达64.4% - 95.3%。黑翅鸢白天喜欢在大树树梢或电线杆等高处停歇观察，当有小鸟和昆虫飞过或者有鼠类踪迹时，会突然猛冲扑食。同时又是当仁不让的飞行专家，飞行时姿态轻盈，不仅能够滑翔，而且还能够做出在空中长时间悬停的高难度动作，在猛禽中都非常罕见。黑翅鸢分布比较广泛，但大都集中在气温比较高的热带附近，如华南地区、南亚、东南亚、非洲北部、欧洲南部等地，属于国家二级重点保护野生动物。

黑翅鸢

处暑·观鸟

骨顶鸡 鹤形目秧鸡科的中型涉禽，大小和家鸡差不多。全身黝黑，仅有额上有一块白斑，非常具有辨识度。正因为头部这块白色的额甲，骨顶鸡又被称为"白骨顶"；而同属水鸡的黑水鸡因额头上是一块红斑，又称"红骨顶"。是不是听起来有点瘆人，其实这块白色额甲并非骨质，而是坚韧且有弹性的皮肤组织，只是看起来很像骨质。

骨顶鸡擅长游泳，被称为"最会游泳的鸡"，喜欢潜水捕食鱼虾、水生昆虫和水草。虽然它们会飞，但一般飞不了多远就会落下来。它们最擅长的还是游泳和潜水，这都要归功于骨顶鸡神奇的大脚爪——瓣蹼足。它们的脚趾两侧长有特别的叶状瓣蹼，兼顾了在水生植物上行走和划水的功能。这对瓣蹼足不仅是它们的游泳利器，还可以用来打斗，甚至遇到危险的时候，还可以像金庸小说里的"铁掌水上漂"那样踏浪奔逃，是不是很拉风？骨顶鸡还有一个很奇葩的行为，它们在繁殖期喜欢偷偷溜到别的骨顶鸡家里去产卵，企图让邻居替它们养孩子，这种现象被称为"种内巢寄生"，和杜鹃那种欺负外人的"种间巢寄生"又有点不同，专门坑同类。不过，别的骨顶鸡也不傻，它们由此进化出了识别卵的能力和拒卵行为，真是道高一尺魔高一丈。

骨顶鸡

处暑·观鸟

　　黄苇鳽（jiān）　一种鹈形目鹭科的中型涉禽，喜欢栖息于富有水边植物的开阔水域中，依靠植物的掩护，自如地穿行于湖泊中，很难被人发现。它们性格非常机警，遇到危险时，第一反应通常是向上伸直头颈一动不动，靠身上的斑纹模拟芦苇秆的样子，甚至还会随着微风轻轻晃动，借此骗过敌人的目光。它们在捕食时，也喜欢一动不动地趴在水生植物上耐心等候，全身像压紧的弹簧，双眼紧紧盯着水面，一旦看到游过的鱼虾，身体就会迅速拉长，脖子瞬间弹射出去，快速而准确地捕获猎物，是名副其实的"捕鱼高手"。

黄苇鳽

夜鹭　　也是鹈形目鹭科的中型涉禽，腹部白色，背部灰蓝色。常常喜欢缩着脖子站在水边，看起来又矮又胖，很容易被误认为企鹅。为此还发生过一件趣事，曾经在日本鹿儿岛平川动物园中，人们到企鹅馆参观，却发现一只身材和颜色很像企鹅的怪鸟混在企鹅群里，偷吃喂给企鹅的鱼。而且企鹅也把它当同类，相处得非常友好。刚开始游客们纷纷举报这位"欺诈犯"，管理员也多次出面驱赶，结果后来许多游客反而慕名来看这个"厚脸皮"的家伙，原来是一只夜鹭混到企鹅群里面蹭鱼吃，可见夜鹭是多么的憨态可掬！实际上，在鱼类眼中，夜鹭一点也不可爱，是真正的刺杀高手。成年后的夜鹭虹膜鲜红如血，就像装备了红外线成像仪似的。每当夜幕降临，它们会凭借优秀的夜视能力，扫射着水面的动静，一旦有鱼儿冒头便迅速出击，因此成了鱼儿们的噩梦。甚至在一些鱼类养殖户的眼中，夜鹭也是他们的噩梦，夜鹭凭借高超的捕鱼技术，经常在夜间偷吃鱼塘里的鱼，让养殖户遭受损失，令人又爱又恨。

夜鹭

大吉沙岛以江滩和水田生境为主，所以我们还遇见了很多种鹬科涉禽，如扇尾沙锥、红颈滨鹬、林鹬、矶鹬、黑翅长脚鹬等。

红颈滨鹬

林鹬

矶鹬

　　在这些鹬科鸟类中，有一种看起来卓尔不群的鹬需要详细介绍一下，那就是有"鸟中超模"之称的黑翅长脚鹬。黑翅长脚鹬体态修长，身上羽毛呈黑白二色，使它们看起来像穿"晚礼服"的嘉宾，一双粉红

色的"逆天大长腿"更显身姿绰约，让它们有了"鸟界超模"和"水鸟皇后"的美誉，是名副其实的"长腿美女"。"大长腿"不光让它们站立时亭亭玉立，行走时更是轻盈优雅，而且能让它们走到齐腹深的水中觅食，比其他水鸟多了许多优势。黑翅长脚鹬喜欢栖息于开阔的湖泊、浅水塘、水稻田和沼泽地带。在繁殖期间，黑翅长脚鹬有很强烈的"保护领域行为"和"护幼行为"。一旦有不速之客闯到鸟巢附近，它们便会发动防御和攻击，就算面对比它们强大的入侵者，也毫不退缩，可谓尽忠职守的好父母。

黑翅长脚鹬

　　迎着夕阳，我们结束了一天的自然之旅。除了天气炎热有些美中不足外，大吉沙岛仿佛就是陶渊明笔下的"世外桃源"——"土地平旷，屋舍俨然，有良田美池桑竹之属。阡陌交通，鸡犬相闻。"让我们这些平时居住在闹市的居民寻觅到了难得的休闲与放松，更是见证了人与鸟类在城市中和谐相处的美好景象，令人回味无穷。

白露·黑眉拟啄木鸟·女贞子

时间：2022 年 9 月 18 日

地点：广州华南国家植物园

天气：多云，30℃

左图　黑眉拟啄木鸟

白露·观鸟

白露

　　是二十四节气中的第十五个节气，也是秋季的第三个节气。时至白露，太阳直射点继续南移，北半球日照时间变短，光照强度减弱，所以温度下降速度也逐渐加快。加上夏季风逐渐为冬季风所代替，冷空气转守为攻，天气渐渐转凉，寒生露凝。

　　所谓白露，《月令·七十二候集解》解释："水土湿气，凝而为露。秋属金，金色白。白者，露之色，而气始寒也。"《孝纬经》中也说："处暑后，十五日为白露，阴气渐重，露凝而白也。"古人以四时配五行，秋属金，色白，所以把秋天的凝露称为"白露"。

　　白露是反映自然界寒气增长的重要节气。此时，暑热已经完全散去，秋意渐浓。所谓一阵秋雨一阵凉，说的就是这个时候。由于代表着秋天的真正来临，因此比其他季节更多了一分诗意。让人不经意想起《诗经》中的名句"蒹葭苍苍，白露为霜；所谓伊人，在水一方"，还有曹操《短歌行》中的"对酒当歌，人生几何；譬如朝露，去日苦多"。现代人虽然没有古代人那么多愁善感，但在这个充满诗意的节气，也容易滋生"秋天里的第一杯奶茶"这样的共鸣。

　　其实，白露在古时是一个非常忙碌的节气，是收获庄稼的重要时刻。正所谓"抢秋抢秋，不抢就丢""白露不低头，割稻喂老牛""白露白迷迷，秋分稻秀齐"。说的都是白露时节，庄稼成熟待收的意思。

　　古人根据常年的观察和总结，将白露分为三候："一候鸿雁来，二候玄鸟归，三候群鸟养羞。"意思是说这个节气，鸿雁与燕子等夏候鸟南飞避寒，留鸟开始储存粮食以备过冬。"羞"字同"馐"，有美食之意。养羞，说的就是如藏珍馐的意思，即储粮以备冬。我们来看看唐代大诗人元稹在《咏廿四气诗·白露八月节》之中是如何描述的。

　　　　露沾蔬草白，天气转青高。

　　　　叶下和秋吹，惊看两鬓毛。

养羞因野鸟，为客讶蓬蒿。

火急收田种，晨昏莫辞劳。

　　首联说的是，白露时节，清晨的露水沾在稀疏的秋草上，远远看去，颜色显得发白，已没有了夏日那种草木欣欣向荣的感觉，只留下苍白与凄凉。此时的天空，随着白云变得越来越高远，天空的蓝色也越发清澈与透明。虽然诗人没有明说，其实这样明净高远的天空，自然能观察到与众不同之处，那就是这个时节常常出现鸿雁排着队南归的景象。由此引发诗人的归乡之情，这才是诗人内心真正想要表达的东西，与后句中的过客相呼应，同时又呼应了白露三候中的前两候："鸿雁来"与"玄鸟归"。

　　颔联：在秋风的摧残下，树叶快速变黄和脱落。这时候诗人才发现自己的两鬓已斑白，就好像也被秋风摧残过一样。万物都在秋风里流逝，流逝的不光是时间，还有功名未立、时不我待的悲伤。

　　颈联：这个时候，连野鸟都知道开始储藏食物，以备严冬的来临。而自己只不过是一介过客，漂泊不定，就好比蓬蒿那样轻贱，又何必去在意这些呢？这里诗人通过自己与野鸟的对比，既呼应了白露三候之一的"群鸟养羞"，又突出自己可能连野鸟都不如的现状，不过是为客他乡、事业未成的无用之人，重点表达自己孤苦无依、不得重用的失落之情。

　　尾联：这句一反前面几句的悲伤与失落，描写随着田野里的庄稼相继成熟，农民们火急火燎地去田野里抢收，从早到晚不辞辛劳才来得及。通过百姓为了温饱和生计积极抢收，没有时间和精力去感叹人生的愁苦，把百姓充实忙碌的状态与诗人自己的自怜自艾形成了强烈的对比。进而批评自己的消极态度，回归平凡的真理，即人们辛苦了一年，到了秋天这个收获的季节，理应感到高兴。这是上天赐给人们的回报和礼物，是人们通过劳动换取的成果，是生命不息的源泉，万物繁荣的根基，这就是意义所在。哪怕自己在异乡为官，不得重用，但是能参与百姓生计，就不算碌碌无为，就是大义所在。

全诗在结尾达到了高潮，写出了诗人元稹一生的抱负和理想，让我想起了李白那句"我辈岂是蓬蒿人"。元稹看似自谦为蓬蒿，其实他是个非常有情怀与风骨的人，而他也是这么身体力行的，虽然多次遭权贵打压贬官，但是从来没有改变自己的初衷，为官期间劝农桑、修水利，做了许多利国利民的好事，哪怕不谈他在文学上的巨大成就，也足以被后人称颂和纪念。

对于我们观鸟爱好者来说，白露是观鸟的一个重要时间节点，而且也是节气中少见的三候物候都与鸟类有关。"一候鸿雁来"，意味着广州的冬候鸟将陆续到来，由于鸿雁我们已经在雨水节气介绍过，在这里就不再赘述。实际上从上周开始，已经陆续观察到淡脚柳莺、冕柳莺、黑眉柳莺、极北柳莺、乌鹟、灰纹鹟、白眉姬鹟、黄眉姬鹟、寿带等冬候鸟抵达；"二候玄鸟归"，意味着广州的夏候鸟开始南归，比如家燕、黄鹂、杜鹃、发冠卷尾等夏候鸟日渐稀少；"三候群鸟养羞"，说明广州的留鸟开始养秋膘，进食行为会更加频繁，也更容易被观察到。简而言之，从白露开始，广州进入一年中观鸟的最佳时刻，不但气候宜人，而且鸟种数量不断增加，观鸟人的欢乐季到了！让我们去一睹为快。

金腰燕　雀形目燕科的小型夏候鸟，白露二候的代表性鸟类"玄鸟"之一。每年春天来，繁殖期为4-9月，在完成了筑巢、孵蛋、育雏的艰巨任务后，一家老小在秋天再次踏上旅程。外形与家燕相似，除了腰部有一条明显的栗黄色腰带。生活习性和家燕差不多，喜欢居住在人类建筑的屋檐下，同样是飞行能手和捕虫能手。古代没有分类学，估计没有区分家燕和金腰燕，统称燕子，都是人们喜爱的益鸟和幸运鸟。同样，随着现代人们生活习惯、住宿条件和卫生观念的变化，金腰燕在我国的种群数量明显减少，为了保护这种益鸟，有些地方已将它列入了地方保护鸟类名单。

金腰燕·西府海棠

　　黑眉拟啄木鸟　须䴕科拟啄木鸟属的小型攀禽。颜值高，具有黑眉、黄颊、蓝颈、红喉、绿身，色彩非常鲜艳。常单独或成小群活动于中低海拔山林中，善于鸣叫。留鸟，繁殖期为4-6月。主要以植物果实和种子为食，也吃少量昆虫。由于以野果为食，对植物的扩散有益，属于国家"三有"保护动物。黑眉拟啄木鸟是一种被人们视作吉祥物的美丽鸟类，因它们有黄、蓝、红、黑、绿等五色，代表着道教五方五土，亦称五德，古时人们称黑眉拟啄木鸟为"灵禽""贵人鸟"，将它的出现视为祥瑞之兆。据《月令七十二候集解》记载，"白露三候群鸟养羞"，意思就是白露三候的时候，百鸟开始储存干果粮食以备过冬，而啄木鸟就是其中的代表，黑眉拟啄木鸟也不例外，它们喜欢在树洞中囤积大量干果，是"养羞"的典范。

黑眉拟啄木鸟

白露·观鸟

柳莺　雀形目柳莺科的鸣禽总称，多为冬候鸟和旅鸟，小巧可爱，常单独或三五成群活动，迁徙期间偶尔可见大群活动。由于它们体小色绿，飞行迅捷，而且很少落地，常在树枝间不停地蹿跳觅食，几乎从不停歇，所以除非听到鸣叫声，通常难以发现。它们的主要食物就是那些藏在枝叶间的害虫，如果捕捉到较大而无法吞下的昆虫时，常用嘴衔着虫子在树上摔烂后再吞食，因此在控制园林害虫方面有重要作用，大都属于国家"三有"保护动物。这次我们观察到黄眉柳莺、极北柳莺、冕柳莺、淡脚柳莺等多个种类，它们看起来都差不多，几乎难以区分。所以柳莺是最难鉴别的鸟类之一，是许多观鸟人的噩梦。而且它们动作敏捷，上蹿下跳，几乎没有停歇的片刻，给观察、鉴别和拍照带来极大的困难。

极北柳莺

冕柳莺

白露·观鸟

淡脚柳莺

　　三宝鸟　佛法僧目的代表性攀禽，体形中等，全身暗蓝绿色，展翅时有一道明显的翠蓝色横斑，好似一块镶嵌的宝石。喜欢栖息于树顶小枝上，捕捉空中的飞虫。主要取食金龟甲、蝽象、天牛、象甲等害虫，是农林业的益鸟，属于国家"三有"保护动物。飞翔的姿势比较笨拙，时常颠簸不定，很容易识别。而且不营巢，喜欢把蛋生在鹊巢里或者树洞里。关于三宝鸟名字的由来还有一个典故，唐朝时，日本高僧空海大师从中国回到日本，有一天夜深人静时他在金刚峰寺打坐，突然听到山林中传来"bo-ho-se"的鸟叫声，和日语"佛、法、僧"读音非常相似。第二天清晨，他看见一只通体蓝绿色的小鸟从林中飞出，于是空海大师认定此鸟的鸣叫声是在弘扬佛法，特此吟诗记载："闲林独坐草堂晓，三宝之声闻一鸟；一鸟有声人有心，声心云水俱了了。"从此，此鸟得名为佛法僧三宝鸟，成了佛教的吉祥鸟，一直流传至今。

三宝鸟

白露·观鸟

纯色啄花鸟　一种雀形目啄花鸟科的小型鸣禽，整只鸟的重量不足8克，体长不到9厘米，据说是国内最小的鸟之一，几乎可以与叉尾太阳鸟相媲美。留鸟，生性活泼好动，整天在树枝间不停飞跃，尤其喜欢在盛开着花朵的树上或寄生的槲类植物上觅食，觅食时还经常左右摆动尾巴。主要以植物的花、花蜜、果实和种子为食，也吃少量昆虫。

　　乌鹟　雀形目鹟科的一种树栖性小型鸣禽，常在树冠层活动，很少下地觅食。是捕虫能手，喜欢停在较突出的树枝上，飞捕空中的小昆虫，然后飞回之前停留的树枝。在广东为冬候鸟，属于国家"三有"保护动物。

　　灰纹鹟　与乌鹟同属雀形目鹟科的小型鸣禽，性格与乌鹟类似，怕生，喜欢在树冠层中下部枝叶间活动，也是飞捕昆虫，不爱下地。在广东属于旅鸟，每年秋冬季路过，也是国家"三有"保护动物。

灰纹鹟

白露·观鸟

灰树鹊　雀形目鸦科的中型鸣禽，和喜鹊、乌鸦是近亲。喜欢生活在树林里，通常成对或小群活动。性格活泼，常常在树枝间跳跃、飞行。爱吃浆果、坚果等植物的果实和种子，偶尔也吃昆虫等动物性食物。灰树鹊的性格较怯懦，人一靠近就会跳开，叫声却特别尖厉和嘈杂，具有典型鸦科鸟类的特征。属于留鸟，多见于华南和华东地区，是国家"三有"保护动物。

时隔千年，当白露的秋风吹过，虽然物是人非，但是农人依然在辛勤耕种，候鸟依然按时迁飞，人们依然容易惆怅感慨。而我有时也不禁自问，观鸟的意义究竟在哪里？是追求那种身处自然的轻松吗？还是欣赏大自然的造化之美？抑或是那种寻觅生命的喜悦？其实我自己也没有准确的答案，但是看到元稹的节气诗，我突然发现，或许我们可以学习古人，就像元稹在庄稼地里找到了生命的意义与归属感那样，回归本

质，从观鸟与农耕、环境、生态的关系，与气候、物候的关系，去寻找这件事的意义。

紅喉歌鴝-桂花

秋分·观鸟

左图　红喉歌鸲

秋分

是二十四节气之中的第十六个节气，也是秋季的第四个节气。秋分这天太阳到达黄经180°，即秋分点，几乎直射地球赤道，全球各地昼夜等长。秋分的"分"即为"平分""一半"的意思，除了指昼夜平分外，按农历来讲还有一层意思。因为"立秋"是秋季的开始，到"霜降"为秋季的终止，"秋分"正好是从立秋到霜降90天的一半，平分了秋季。《春秋繁露》中说："秋分者，阴阳相半也，故昼夜均而寒暑平。"秋分以后，太阳光直射位置南移至南半球，北半球开始昼短夜长，昼夜温差加大，气温不断下降。

古时有"春祭日，秋祭月"的习俗。秋分曾经是传统的"祭月节"，后来因为秋分这天不一定都有圆月，就将"祭月节"由秋分调至农历八月十五中秋节，秋分才不再用来祭月了。虽然有点可惜，但是秋分仍然是个重要的农耕节气，古有谚语："白露早，寒露迟，秋分种麦正当时""秋分到寒露，种麦不延误""白露秋分菜，秋分寒露麦"，可见秋分是北方种麦的重要时刻。

古人把秋分也分为三候："一候雷始收声；二候蛰虫坯户；三候水始涸。"古人认为打雷是因为天地间的阳气过盛而造成的，自秋分一候开始，由于阴气变得旺盛，所以不再打雷。由此可见，雷声不但意味着暑气的真正终结，也代表秋寒的开始；到了二候时，由于天气变冷，喜欢躲在土中冬眠的虫子开始打洞藏身，并用沙土将洞口封起来以防寒气入侵；由于秋高气爽、天气干燥，水分蒸发得很快，所以从三候开始，江河湖泊中的水量逐渐变少，一些沼泽低洼处逐渐干涸。

再来看看古人的节气诗是如何描述秋分的：

咏廿四气诗·秋分八月中

[唐]元稹

琴弹南吕调，风色已高清。

云散飘飖影，雷收振怒声。

乾坤能静肃，寒暑喜均平。

忽见新来雁，人心敢不惊？

从诗文中我们可以看出，首联描写的是秋分的天气，秋高气爽，气候宜人，正适合人们弹琴作画。而且刚过了秋收的农忙，正是劳累了一年的人们难得放松一下的好时机。"南吕"是古时十二音律中的第八律，古人以十二律配十二月，所以常用南吕来代替八月。

颔联：描写的是秋分三候中的"一候雷始收声"。在古人眼里，雷是因为阳气过盛而产生的，到了秋分，天地间阳气已经衰减到了一定的程度，所以就不再打雷了。此时，诗人的内心也格外地放松与平静，看着天上云朵飘飘，悠闲自在，进一步反映出秋分在古代是一个农忙后难得的节假日。

颈联：接着颔联进一步探讨古人最为推崇的阴阳二元论，认为秋分时天地间的阳气减弱了，而阴气却上升了，刚好达到"阴阳平衡"的阶段，就像太极图那样。此时，正是因为这种难得的平衡，寒气和暑气不再争斗，天空和大地归于宁静，秋天的美得以绽放。其实古人的哲学也挺有道理，按现代的说法，此时太阳刚好直射在赤道上，南北半球受热均衡，白天黑夜时长也均衡，可不正是"阴阳平衡"吗？

可是这种难得的宁静，却被尾联中提到的"新来雁"给打破了。为什么天空中新飞过的大雁会让人们的心情受到惊扰呢？因为南飞的大雁预示着秋天最美好的时节行将结束，苦寒的冬日即将来临，美好的东西总是那么短暂，诗人内心好不容易得到的宁静与放松一下子被打乱了。时光总是那么无情地流逝，谁能不生出一分感叹？

秋分虽然在传统农耕文化中具有重要的地位，但是有点可惜，节气三候中没有提到与鸟类相关的物候。好在节气诗里提到了雁南飞，说明北方的夏候鸟开始南飞过冬，而对于地处南方的广州来说，不知冬候鸟到达的高峰时刻来临了没有，让我们一探究竟。

秋分·观鸟

小䴙䴘（pì tī） 䴙䴘目䴙䴘科的中型游禽，因为身体又圆又短，大小和形状接近葫芦，又喜欢在水面上活动，就像一个在水面浮浮沉沉的葫芦一样，因此被戏称为"水葫芦"。主要栖息于湖泊、河流、池塘等地，以小鱼、虾、昆虫等为食物。性格胆小，会潜水，一遇惊扰，立即潜入水中躲避。而且很少飞，也极少上岸，一天到晚都待在水中，连筑巢都选在水面植物上。广泛分布于世界各地，在中国南方为留鸟，属于国家"三有"保护动物。

小䴙䴘

牛背鹭 鹈形目鹭科的中型涉禽，顾名思义，常伴随牛活动，喜欢站在牛背上啄食寄生虫或跟随在耕田的牛后面啄食翻耕出来的昆虫。是唯一不吃鱼虾而以昆虫为主食的鹭类，也捕食蜘蛛、蚂蟥、蛙等。牛背鹭与家畜尤其是水牛形成了类似的互利共生关系。牛背鹭帮水牛解决寄生虫带来的烦恼，水牛带着牛背鹭到处跑，既省了牛背鹭的脚力，又能为牛背鹭提供食物。这种奇妙的关系不知是怎样进化出来的，而且为什么会遗传下来，实在令人费解。牛背鹭生性活泼而温驯，不太怕人，活动时悄然无声，不会打扰同伴。它们分布广泛，在我国南方地区为留鸟，也属于国家"三有"保护动物。

　　小田鸡　为秧鸡科田鸡属的小型涉禽，喜欢在沼泽、水田、溪流和水塘的草丛中活动和觅食，极少飞行。性格胆小，受惊会立刻窜入草丛中，或短距离飞行。杂食性，食物以水生昆虫及其幼虫为主，也吃环节动物、软体动物、小甲壳类、小鱼以及一些绿色植物和种子。分布广泛，在北方为夏候鸟，在华南大部分地区为旅鸟，在广东、海南等地为冬候鸟。属于国家"三有"保护动物。

　　小杜鹃　属于杜鹃科的攀禽，外形似大杜鹃，但体形稍小一点。小杜鹃喜欢栖息于树林中，生性孤独，常单独躲藏在枝叶间鸣叫，主要以昆虫为食。在我国大部分地区为夏候鸟，仅在华南地区为旅鸟，属于国家"三有"保护动物。小杜鹃和很多其他种类的杜鹃一样，喜欢巢寄生。科学家发现，大多数鸟类都喜欢在清晨产卵，而小杜鹃却喜欢在午后下蛋，因为此时恰好是巢主外出活动和巢温比较暖和的时候，方便小杜鹃偷偷摸摸潜入其他鸟巢产卵。但是，有一个难解之谜，就是小杜鹃如何把蛋产在柳莺、苇莺之类的小鸟窝里的呢？因为这些小鸟窝的体积根本容不下小杜鹃相对"庞大"的身躯。所以，古书上曾记载杜鹃"拙于营巢，每产卵地上，衔之他鸟巢中，俟其化孵"，或许是真的。

小杜鹃

黑卷尾　雀形目卷尾科的中型鸣禽，外形最有特色的地方就是尾巴，为深凹形，最外侧的一对尾羽向外上方卷曲。或许正是这个原因，黑卷尾飞行能力突出，喜欢在空中捕食飞虫。常栖息在树顶或开阔地带的电线上，有时也会落在放牧的家畜背上，像牛背鹭那样啄食被家畜惊起的虫类。性格凶猛，繁殖期领地意识非常强，非繁殖期则喜欢结群打斗。主要以昆虫为食，尤其是夜蛾、蜻象、蚂蚁、蝼蛄、蝗虫等害虫。分布于我国、南业和东南业，在我国为夏候鸟，也是国家"三有"保护动物。

黑卷尾

　　白喉红臀鹎　雀形目鹎科的小型鸣禽，与红耳鹎长得比较像，也有一个醒目的红屁股。但白喉红臀鹎的冠羽较短，且脸颊无红色。常成小群活动，有时亦与红耳鹎或黄臀鹎混群。性格活泼，喜欢在枝头间跳跃，或站在树枝上引吭高歌，鸣声清脆响亮。杂食性，既吃植物的花、果和种子，也吃昆虫。主要分布在我国南部、印度和东南亚地区，为留鸟，也是国家"三有"保护动物。

白喉红臀鹎

秋分·观鸟

　　黑眉苇莺　雀形目苇莺科的小型鸣禽，属于典型的苇莺，喜欢栖息和繁殖于靠近水的芦苇丛中。常单独和成对活动，性格机警、好动，时而在芦苇丛间飞来飞去，时而在芦苇丛中跳跃穿梭，也喜欢在芦苇茎上不停地上下攀爬。主要以昆虫和昆虫的幼虫为食。广泛分布在亚洲各地，在我国北方为夏候鸟，在两广和海南为冬候鸟，也属于国家"三有"保护动物。

黑眉苇莺

黄腹山鹪莺　又名黄腹鹪莺，属于雀形目扇尾莺科鹪莺属的小型鸣禽，和长尾缝叶莺长得比较像，两者背部都是黄绿色，尾巴都很长，但长尾缝叶莺头部为棕褐色，而黄腹山鹪莺腹部为黄色。性格惧生，平时多藏匿于芦苇、高草及灌丛中。常单独或成对活动，偶尔结成小群，活动时喜欢上下摆动尾巴，或把尾巴垂直翘到背上，并不时发出像猫一样特别的叫声。多在灌丛和草丛下部活动和觅食，主要以昆虫为食，也吃植物的果实和种子。分布在巴基斯坦至中国南方、东南亚等地，属于留鸟。

黄腹山鹪莺

白腰文鸟　雀形目雀科文鸟属的小型鸣禽，和前面提到过的斑文鸟是近亲，又名十姊妹、算命鸟等。白腰文鸟具有显著的白腰、白腹特点，虽然常常和其他文鸟混群，但容易辨认。常成家族群体活动，喜欢全家十余只挤在一个巢中一起生活，故有十姊妹之称。通常活动于草丛、稻田中，性喧闹吵嚷，习性与其他文鸟类似。主要吃植物种子，特别喜欢稻谷，在夏季也吃一些昆虫，在秋季庄稼成熟期间，常成群飞到农田偷食，给农业带来一定的危害。但白腰文鸟性格温顺，不怕人，易于驯养，是很好的笼养鸟类。驯养后非常听话，常常打开笼门也不飞，或飞到人的手上玩耍，甚至能学会一些简单的动作。过去常有人利用它这一特性，训练它占卜、卜卦，所以才有算命鸟之称。

　　很遗憾，虽然这次秋分观鸟收获颇丰，观察到了很多鸟类，但是大多仍以留鸟为主，而且还有很多老面孔，在此就不一一赘述了。看来，对于地处大陆南大门的广州来说，冬候鸟到达的高峰时刻还没到，很多估计还在迁徙的路上。不得不说，鸟类的迁徙可谓地球上最神秘的自然现象之一，每年数以亿计的鸟儿，跨越千山万水在繁殖地和越冬地之间往返，演绎着无数生命的残酷和奇迹。然而，我们却对它们为什么要迁徙知之甚少。很多人认为它们往返南北是为了躲避严寒，也有人认为它们是为了寻找充足的食物。但事实上，这些答案都不完美，至少解释不了为什么同一种鸟在不同的地区甚至在同一地区都会表现出不同的居留类型，候鸟和留鸟之间并没有绝对的界限，这些例外一次次颠覆了人类的认知，充满着奥秘，值得我们不断探索和思考。

时间：2022 年 10 月 16 日

地点：广州白云山

天气：多云，26℃

左图 红头长尾山雀

寒露·观鸟

——鹰击长空，猛禽过境

寒露

　　是二十四节气的第十七个节气，也是秋季的第五个节气。寒露开始，受北方冷空气的影响，我国大部分地区已在冷高压控制之下，时有冷空气南下，昼夜温差较大，并且雨季结束，秋燥明显。此时，北方广大地区白天秋高气爽，夜晚气温较低，露水增多，已呈现深秋、初冬的景象，西北高原除了少数海拔较低的地区外，日平均气温普遍低于10℃，如果按温度来划分，已经属于冬季了；而南方则秋意渐浓，风凉气爽，少雨干燥，日平均气温多不到20℃，最低气温甚至低于10℃以下。

　　《月令七十二候集解》中将寒露分为三候："一候鸿雁来宾；二候雀入大水为蛤；三候菊有黄华。"大意就是，寒露一候时，很容易看到鸿雁整齐地排成人字形的队列大举南迁。这里需要解释下，为什么前面白露节气的时候，古人已经提到过"白露一候鸿雁来"，而这里仅仅一个月后又再次提到鸿雁。估计是因为中国地大物博，南北地理位置相隔太远造成的。对于北方来说，鸿雁秋天南迁；而对于南方来说，鸿雁秋天正好从北方归来。寒露二候的时候，大部分雀鸟都消失不见了，掉入水中变成了海边的蛤蜊。古人看到寒露时鸟变少了（应该是大部分候鸟已经飞走了），而海边突然多出很多与雀鸟花纹和颜色相似的蛤蜊，便以为是雀鸟入水变成的；到了三候时，菊花已普遍绽放，令人想起"满城尽带黄金甲"的盛况。

　　其实，节气三候的划分早在周朝开始就已在民间流行，我们不妨来看下唐代节气诗中的描述：

咏廿四气诗·寒露九月节

[唐]元稹

寒露惊秋晚，朝看菊渐黄。

千家风扫叶，万里雁随阳。

化蛤悲群鸟，收田畏早霜。

因知松柏志，冬夏色苍苍。

　　首联说的是，不知不觉，随着寒露的到来，才惊讶地发现深秋已至，菊花次第盛开，美得不可方物，却只能孤芳自赏，因为此时其他的花朵早已凋谢。这句除了突出寒露那种蕴含晚秋凄美的身影，也点出了寒露三候"菊有黄华"的物候特点。

　　颔联：描述了一幅晚秋生动的场景，即千家万户的门前，风儿无情地打扫着落叶，为冬日的降临扫平障碍；而万里晴空之上，大雁们好像夸父那样追着太阳南飞，寻找着最后的温暖。诗句气象万千，通过"千家"与"万里"的对仗和动作"扫"和"随"的运用，将一幅壮丽的悲秋景象呈现在大家面前。落叶纷飞，大雁南逃，大自然处于一片萧瑟之中。同时，点出了寒露一候"鸿雁来宾"。

　　颈联说的是：雀鸟们带着眷恋与不舍化身为蛤蜊，以躲避冬日的严酷；而还没有来得及完成收割的农人们，也请加快进度，不然寒霜一到，一年的辛苦就会化为乌有。此句通过引用寒露二候"雀入大水为蛤"，描述了一个残酷的现实，即美好的秋天时日无多，严冬即将来临。

　　尾联：诗人借物咏志，虽然冬日临近，但是因为松柏胸有壮志，坚韧不拔，无论是寒冬还是酷暑，都郁郁苍苍。以此开导众人，不要怕严冬（苦难）的来临，不要学落叶和大雁的逃避，要学松柏的志气，任他四季变迁、风吹雨打，坚持就会胜利，既然冬天快要来了，春天也就不远了。

　　这首诗内容质朴，把寒露三候巧妙地引用了出来，对我们了解古时的农耕文化有重要的参考作用。而且大气磅礴，描写出了寒露时节独特的萧瑟、悲壮之美，是不可多得的上乘之作。

　　其中北雁南飞、雀鸟变蛤，对我们了解鸟类的习性具有重要的借鉴意义。虽然古人因为科技水平落后误解了雀鸟消失的原因，但是对如今的我们仍然很有价值，因为这首诗写于古代北方的中原地带，寒露时节随着天气变寒，候鸟开始集体南飞，证明寒露是北方候鸟南迁的重要时间节点。

而在身处南方的广州，寒露也是一个重要的观鸟时间节点，恰恰是候鸟来临的高光时刻。每年秋迁而来的冬候鸟，在金秋十月到达高峰，其中有一类平时特别难得一见的珍禽，会在此时间段集中到达或过境广州白云山。为此，广州市自然观察协会组织鸟类专家连续几年对白云山的孖髻岭、龙虎岗、摩星岭、摘斗亭、鸿鹄楼、浔峰岗等地开展了观测活动，发现白云山原来是广州地区猛禽秋迁的一个重要通道和停歇地。据观测，在白云山上空出现的猛禽包括黑冠鹃隼、褐冠鹃隼、红脚隼、红隼、燕隼、蛇雕、凤头鹰、凤头蜂鹰、松雀鹰、日本松雀鹰、赤腹鹰和一些未能识别的猛禽等10种以上，单日观测数量超过百只猛禽的"百猛日"就发生了好几次，甚至引起了媒体的关注和报道。可以想见，平时很难见到的猛禽集中现身，引起的轰动自然不小，更不用说近距离观赏猛禽盘旋俯冲所带来的肾上腺素飙升的快感，让我们快去大饱眼福。

凤头蜂鹰 中型猛禽，羽冠看上去像一顶"凤冠"，由此得名。飞行时多先鼓翅飞翔，然后便作长时间滑翔。它的食谱非常有特色，主要以黄蜂、胡蜂、蜜蜂和其他蜂类为食，不怕蜂类的毒刺。不仅喜欢吃蜂类的成虫，还吃它们的幼虫、虫卵，以及蜂蜜、蜂蜡等。所以凤头蜂鹰大多在树上或者地上刨掘蜂窝，就像爱偷蜂蜜的狗熊一样，非常有趣。

凤头蜂鹰

黑冠鹃隼　中小型猛禽，性格警觉而胆小，看起来好像对周边的事物非常敏感，头上酷似印第安人的羽冠经常忽高忽低。主要以蝗虫、蚱蜢、蝉、蚂蚁等昆虫为食，是捕虫能手。

褐冠鹃隼　中型猛禽，比黑冠鹃隼略大，习性类似。

红脚隼　小型猛禽，飞行能手，喜欢快速扇动两翅后，滑翔一段时间，也能在空中悬停，是迁徙距离最远的猛禽，单程可达13000-16000千米。主要以蝗虫、蚱蜢、蝼蛄、螽斯、金龟子、蟋蟀、叩头虫等昆虫为食，其中大部分为害虫，是猛禽中著名的除虫益鸟。经常喜欢强占喜鹊的巢，典故"鸠占鹊巢"的主角就是它。

红脚隼

凤头鹰　小满节气详细介绍过，一天到晚穿着"白尿布"的中型猛禽。

寒露·观鸟

凤头鹰

蛇雕　小暑节气详细介绍过，在此也不再赘述。蛇雕是大中型猛禽，看起来永远是那样威风凛凛，尤其是飞翔时的那种气势，令人过目不忘。

松雀鹰　小型猛禽，常站在树林边的高大枯树顶端，等待和偷袭过往的小鸟，有时甚至能捕杀鹌鹑和鸠鸽类中型鸟类。飞行迅速，亦善于滑翔。

松雀鹰

赤腹鹰　小型猛禽，因外形像鸽子，所以也叫鸽子鹰。常在靠近农田和村庄的树林边缘活动，休息时多停在树木顶端或电线杆上。主要在地面上捕食，以蛙、蜥蜴、小型鸟类、鼠类和昆虫等为主，常站在树顶等高处观察，锁定猎物后突然冲下捕食。

红隼　小型猛禽，飞行时喜欢快速扇动翅膀逆风飞翔，可悬停空中。休息时多栖于空旷地的孤立树梢或电线杆上。视力敏锐，喜欢在空中盘旋，锁定目标后，收拢双翅俯冲而下直扑猎物，猎物以鼠类、小鸟、蛙、蜥蜴、小蛇等为主，也可在空中捕捉小型鸟类和昆虫。

红隼

燕隼　小型猛禽，飞行快速而敏捷如闪电一般，并能在空中短暂悬停。休息时大多在高大的树上或电线杆的顶上，一般不会降落到地面上。主要在空中捕食麻雀、山雀等小鸟，甚至能捕捉飞行速度极快的家燕和雨燕等，也吃蟋蟀、蝗虫、天牛、金龟子等害虫。

　　黑翅鸢　在处暑节气中已经详细介绍过，这是我最喜爱的高颜值小型猛禽，而且特别有缘。我曾在野外有人非法设置的捕鸟网中亲手救助过它，当时它的翅膀被捕鸟网勒住了，而且越挣扎勒得越深，撕裂出深深的伤口，鲜血直流。我只能小心翼翼地剪开捕鸟网，尽量不影响它的伤口，而且还要防着它攻击我。没想到它很聪明，全程乖乖地配合我救助它，连我抱它的时候都很温顺，所以有时候动物真的是有灵性的，值得我们加以爱护。值得一提的是，捕鸟网真的是一种很恶劣的捕鸟手段，无差别攻击所有的小鸟，对生态危害很大。经常看到网上挂着各种小鸟风干的尸体，特别残忍，大家在野外碰到一定要第一时间报警拆除。

被笔者亲手救治的黑翅鸢

黑鸢　中型猛禽，飞行能力出众，常在高空飞翔、盘旋来观察和寻觅食物，发现地面猎物时，随即迅速俯冲直下。主要以小鸟、鼠类、蛇、蛙、鱼、野兔、蜥蜴和昆虫等动物性食物为食。

黑鸢

白腹鹞　中型猛禽，喜欢在低空缓慢滑翔，主要以小型鸟类、啮齿类、蛙、蜥蜴、小型蛇类和大的昆虫为食，栖息时多在地上或土堆上，不喜欢像其他猛禽那样栖息在高处。

白腹鹞

猛禽，俗称"老鹰"，泛指凶猛的掠食性或腐食性的食肉鸟类，例如鹰、雕、隼、鹞、鸢、鹗、鵟、鸮，等等。它们通常具有绝佳的飞行能力，以及粗壮带钩的喙和爪子，善于捕捉其他小动物。猛禽处于食物链的顶层，它们的种类和数量远远少于其他类群，在生态圈中对维护和调节生态平衡起到重要作用，是关键性的环境指示性物种。因此，在国家野生动物保护名录中，所有猛禽的保护级别都在二级以上，可见猛禽的地位有多重要，是鸟类中公认的高富帅。

　　然而，猛禽也是鸟类中最高冷的一族，很少出现在公众视野，以至于大部分人对它们的了解甚少。其实大部分猛禽都有迁徙的行为，因为它们的飞行能力很强，平均迁徙旅程可以达到4000千米，在鸟类中都是名列前茅的。在迁徙途中，猛禽也需要休息和补充能量，因此它们会选择安全、食物丰富、林木茂盛的地方作为迁徙途中的停歇地和加油站，所以猛禽的到来往往说明一个地方生物多样性丰富，生态环境优越。鸟类是用生命来投票的，让我们珍惜这份信任，维护好广州这个共同家园的生态环境。

霜降·鵟·樟樹

时间：2022 年 10 月 23 日

地点：广州增城朱村

天气：晴，27℃

左图
鹨

霜降·观鸟

霜降

　　是二十四节气中的第十八个节气，也是秋季的最后一个节气。霜降是晚秋的象征，此时早晚天气较冷、中午天气则比较热，昼夜温差加大，可以说"霜降"是一年之中昼夜温差最大的时节。东汉王充的《论衡》中曾提到："云雾，雨之征也，夏则为露，冬则为霜，温则为雨，寒则为雪，雨露冻凝者，皆由地发，非从天降。"所以古人早已明白霜降并不是真的下霜，而是夜晚寒冷造成凝露冻结形成的，归根到底都是说明了霜降时节昼夜温差大，夜晚气温较低的气候特征。

　　霜降通常在10月下旬至11月上旬之间，此时冷空气活动越来越频繁，逐渐占据主导位置，而暖湿空气已被逐渐取代甚至边缘化，因此，带有夏末和初秋的许多天气特征逐渐消失，天气越发干燥、清冷。此时往往会有较强的大风降温天气，尤其在长江流域和华南地区，气温变化更加明显，而北方大部分地区在较短的时间里就呈现出一幅初冬景象。

　　《月令七十二候集解》中将霜降分为三候："一候豺乃祭兽；二候草木黄落；三候蜇虫咸俯。"意思是说，此时豺狼这些动物开始大量捕猎，为过冬储备食物；花草树木基本上都枯黄了，树枝光秃秃的，落叶满地；需要冬眠的虫子也开始藏进洞中不饮不食，进入冬眠状态。

　　从农事活动来看，霜降时节，北方大部分地区已在为秋收做最后的扫尾工作，此时即使耐寒的作物也不能再长了，比如民间就有谚语"寒露无青稻，霜降一齐倒""霜降不起葱，越长越要空"等说法。而在南方，却是"三秋"的大忙季节，晚稻才开始收割，冬麦、油菜开始播种，棉花摘收进入尾声，需要拔除棉秸，翻整耕地，等等。

　　唐代大诗人元稹也在其编撰的二十四节气诗《咏廿四气诗·霜降九月中》中，对霜降的气候和物候进行了归纳总结，我们不妨对照参考一下：

　　　　风卷清云尽，空天万里霜。

　　　　野豺先祭月，仙菊遇重阳。

秋色悲疏木，鸿鸣忆故乡。

谁知一樽酒，能使百秋亡。

首联描写的是，秋风吹散了满天云朵，甚至连清云都不放过，露出了万里无云的清澈天空，天地间一片肃穆和单调，唯有寒霜铺满大地。这句突出了霜降时节晴空、干燥、风大、凝霜的气候特征，同时通过天地间的寂静从侧面描写了霜降三候之"蛰虫咸俯"的物候特点，表明此时连整日聒噪的蛰虫也全都躲进洞中不饮不食，进入了冬眠状态，所以大地才会如此寂静无声。为我们勾勒出了一幅万物寂寥、秋风萧索的悲壮景色。

颔联呼应了霜降三候中第一候"豺乃祭兽"。古人误以为这个时节的豺狼等猛兽到处抓捕猎物，并把它们的尸体陈列开来，仿佛在祭拜月亮。其实是豺狼把吃不完的动物尸体储备起来，说到底都是因为冬日即将来临，大自然残酷的生存法则迫使野兽们为了顺利过冬也变得越发凶残，更加突出了冬日的严酷。与此同时，仙子般纯洁的菊花却依然盛开着，给迟来的重阳佳节增色不少。可是重阳节并不算是个欢快的节日，从耳熟能详的诗句"遥知兄弟登高处，遍插茱萸少一人"就能看出，这个节日登上高处是为了抒发对远方亲人的思念之情，是一种乡愁，在深秋菊花的衬托下，越发美得惆怅。

颈联呼应了霜降三候中的第二候"草木黄落"，说的是秋天光秃秃的树干、稀疏的草木，容易令人触景生情，产生忧伤；而鸿雁的鸣叫声仿佛来自遥远的故乡，越发令人产生思乡之情。这里可以看出，此时还能看到南飞的鸿雁，说明冬候鸟还没迁徙完，但已踏上了躲避严冬的征程。

尾联：诗人感叹说，谁知道一杯酒下肚，就使得百秋的惆怅都消除殆尽了呢。意在奉劝大家，在这样天地寂寥、萧索肃杀、悲愁交织的深秋，不如满上一杯酒，将所有的忧愁与烦恼都抛却脑后，去换得短暂的快乐与宁静吧。其实，诗人从另一个角度把秋日的寂寥、肃杀、怅然和思乡之情渲染得淋漓尽致，似乎靠其他办法已无法消除，唯有借酒浇愁。何况"借酒消愁愁更愁",足见晚秋的愁绪是何等的浓厚。

　　经过古人的描述,相信大家已经对霜降有所了解,对于发源于北方的中原传统文化而言,霜降已是冬日的前奏,秋收的农忙也已结束,万物都将进入"冬藏"的阶段。而身处南方的广州,晚稻在此时才开始收割,稻田里会有许多散落的稻谷,正是田鸟"养秋膘"的最后时机,特别适合观察田鸟,而此时也是每年冬候鸟到来的高峰时刻,我们去田间一睹芳容。

　　鹌鹑 一种体形圆滚滚的鸡形目雉科的中型陆禽。属于地栖性鸟类,平时喜欢躲在草丛或灌木丛中,有时也到耕地附近活动。杂食性,爱吃植物种子、豆类、谷物及浆果等,夏天也吃大量昆虫。分布非常广泛,不善飞行,但却是候鸟,靠短距离直线飞行迁徙。自古以来和人类有密切的关系,比如,从唐朝开始就流行的斗鹌鹑习俗、清朝八品文官的官服补子图案,以及作为滋补养生的美食佳肴等。

鹌鹑

　　鹊鹞 一种中型猛禽,由于雄鸟的外表和站立时的样子和喜鹊很像,所以又被称为"喜鹊鹞"。常在开阔的林边草地、灌丛、旷野、河谷、沼泽等地活动,有时也出没于农田耕地附近。喜欢低空盘旋、滑翔搜寻地面的猎物，发现后俯冲捕食，主要以鼠类、小鸟、蛙、蜥蜴、蛇、昆虫等小型动物为食。主要分布在亚洲东南部，候鸟，4月左右飞到北方繁殖，10月左右飞回南方过冬，属于国家二级重点保护野生动物。

矛斑蝗莺 雀形目短翅莺科小型鸣禽，喜欢栖息于湖泊、沼泽、田地附近的灌丛、草丛、芦苇丛中。性格胆小，通常隐蔽行动，受惊也很少起飞，而是钻进草丛中躲避，或者站在地上紧张地乱扫尾巴。主要以昆虫为食，是食虫益鸟，也是国家"三有"保护动物。叫声特别，与螽斯相似，躲在草丛中尤其难以分辨。属于候鸟，每年5月中旬迁到东北繁殖，9月末10月初开始飞往南方越冬。

棕扇尾莺 雀形目扇尾莺科小型鸣禽，喜欢在农田、草地、沼泽及河岸边的灌丛中以小群活动。飞行时尾巴常呈扇形散开，并上下摆动。主要以昆虫、蜘蛛等为食，也吃杂草种子等植物性食物。分布广泛，在我国多为留鸟，繁殖期为4-7月。

　　白颊噪鹛　雀形目噪鹛科中型鸣禽，外形有点像画眉，又被叫作"土画眉"。喜欢在灌木丛、竹丛、芦苇丛、农田等地集群活动，有时候也会与黑脸噪鹛混群。性格比较活泼，常常在树枝间跳跃和短距离飞行。非常善于鸣叫，经常反复鸣叫，鸣声嘈杂。杂食性，但以昆虫为主食。主要分布在亚洲东南部，属于留鸟和国家"三有"保护动物。

　　红喉歌鸲　雀形目鸫科的小型鸣禽。具有醒目的白色眉纹、颊纹和红色喉部，又名"红点颏"。为地栖性鸟类，常栖息于竹林间、溪流旁的灌丛、芦苇丛中。喜欢在晨昏鸣唱，叫声悦耳动听，目前属于国家二级重点保护野生动物。食物以昆虫为主，是食虫益鸟。主要分布于亚洲东部，夏天在东北亚繁殖，冬天在我国南方及东南亚越冬。因外形出众、歌声好听，曾经是我国历史上的"四大笼鸟"（即画眉、绣眼、百灵和靛颏）之一。其中靛颏又分红点颏和蓝点颏，有"红叫天蓝叫地"的说法，意为红点颏擅长模仿鸟类的鸣叫，蓝点颏擅长模仿鸣虫的声音。清朝的靛颏，是各地进贡给皇家专用的观赏鸟，即使是民间也只见于达官显贵人家。当时的内务府有一句关于养鸟的话："匪画眉，土百灵，为有靛颏，鸟中君子，色艺俱佳。"可见靛颏在古人心中的地位是多么的不俗，可以说是地地道道的富贵鸟了。

树鹨 雀形目鹡鸰科的小型鸣禽。外形与麻雀相似，又叫"地麻雀"。多见于林木、灌木丛及其附近的草地、田野和居民点，其模式产地在我国陕西南部。食物主要以昆虫为主，也吃蜘蛛、蜗牛、苔藓、谷粒、杂草种子等，属于国家"三有"保护动物。广泛分布于世界各地，在我国北方为夏候鸟，南方为冬候鸟。

栗耳鹀 雀形目鹀科的小型鸣禽。属于体形略大的鹀，多栖息于森林周边、河谷沿岸的草甸、灌丛、农田等地。喜成群活动，主要以植物种子、谷物、草籽等为食，也吃一些昆虫。分布在东亚一带，在我国北方为夏候鸟，南方为冬候鸟，属于国家"三有"保护动物。

黄胸鹀　也是雀形目鹀科的小型鸣禽，可以说是田鸟中最著名的鸟，其别称就是家喻户晓的"禾花雀"。因为传说有药用功效，这种曾经普遍易见的鸟儿被吃到几乎灭绝，2017年被世界自然保护联盟正式列入"极度濒危"等级，离灭绝只差一步，成为我国鸟类保护史上沉痛的教训。目前国家正在大力开展宣传保护措施，已被列为国家一级重点保护动物。

灰头鹀　　雀形目鹀科的小型鸣禽。外形略似麻雀，生活于河谷溪流两岸、沼泽、灌丛、耕地、苗圃等环境中，常常以小群活动。杂食性，以草籽、植物果实和各种谷物为食，尤其能啄食大量杂草种子，对田间杂草有防护作用；繁殖期也会大量啄食昆虫，有益于农林，属于国家"三有"保护动物。分布于东亚等地，候鸟，夏季在东北亚繁殖，冬季到我国南方越冬。

灰头鹀

霜降·观鸟

看了这么多田鸟后，大家不难发现，其实田鸟大都是地栖性鸟类，喜欢在农田耕地附近活动，和人类的农耕文化关系最为密切，伴随着人类度过了无数的岁月。尤其像我国这样自古以来就是农业大国，田鸟的角色也就越发重要。以前曾经有人认为田鸟爱偷吃谷物粮食，所以对它们带有偏见，动辄捕杀驱赶。后来随着农药、除草剂的泛滥，人们才醒悟，原来最健康的除虫、除草、灭鼠方法，就是利用这些田鸟去维持田间的生态平衡。没有它们的辛勤付出，又哪里会有真正的丰收？换个角度来看，它们吃掉的那部分粮食，其实是它们应得的酬劳。

立冬·观鸟

左图 白鹇

白鹇·地衣

立冬

是二十四节气的第十九个节气，也是冬季的第一个节气，在每年公历11月7-8日之间交节。立，建始也，表示冬季自此开始；冬，终也，是四季终了的意思，也有农作物收割后要收藏起来的含义。立冬，意味着冬天到来，阳退阴生，生气闭蓄，万物收藏。正如古人总结的四季特点"春生、夏长、秋收、冬藏"那样，立冬时，天气已经比较寒冷，万物开始休养生息，进入蛰伏、收藏的状态，也是人们享受丰收、休整身心的季节。

可以说，立冬是二十四节气中非常特殊和重要的节气，不但与立春、立夏、立秋并称"四立"，也是"四时八节"的"八节"（即立春、春分、立夏、夏至、立秋、秋分、立冬、冬至）之一，它在古代农事、祭祀等活动，以及在国人心中都有十分重要的地位。

从农事活动来看，表面上立冬与最重要的"春播"和"秋收"不沾边，其实它作为秋季结束和冬季开始的重要标志，绝不只是一个单纯的节气和传统节日那样简单，而是对农业生产影响非常大。虽然立冬之后号称可以"冬藏"，但忙碌了一年的农人其实没办法真正休息，他们还要为下一年的播种提前做好各种准备。比如从古至今就有很多谚语"秋冬耕地如水浇，开春无雨也出苗""冬天耕下地，春天好拿苗""粮田棉田全冬耕，消灭害虫越冬蛹"等，无不说明立冬的头件大事就是翻耕土地，积肥除虫。一来冻死翻耕出来的虫蛹，保证来年不容易发生虫灾；二来让土地透透气，补充肥力，防止板结。这时候爱跟在农夫后面吃虫子的鸟类如牛背鹭、八哥、黑卷尾之类的就派上用场了，有它们帮忙，不等虫子冻死就变成了它们的美餐，来年的丰收又多了一重保障。

此外，由于立冬前后降水显著减少，空气比较干燥，河流湖泊的水位最浅，加上正值农闲，这时也是古时兴修水利的大好机会，可为来年的防汛和灌溉打好基础。对于生活在南方地区的人来说，立冬更是"秋收冬种"的重要讯号。比如江南地区和华南地区在立冬之后，就需要马不停蹄地抢种冬麦、移栽油菜。同时要充分利用晴好天气，做好晚稻的收、晒、晾等，依然没有停止田间劳作。

从传统习俗来讲，至今我国很多地方仍然保留了立冬举行祭祀、宴饮的习俗。东汉崔定在《四民月令》中，对立冬食俗有过这样的描写："冬至之日进酒肴，贺谒君师耆老，一如正日。"说明古人在立冬的时候，不仅要进行祭祀活动，同时还要吃一些具有民俗特色的美食来"进补"，这时候鹌鹑、鹧鸪之类的滋补佳品就必不可少。这种习俗可以帮助古人在寒冷的冬季温补身体，不仅可以提升耐寒能力，同时也可以有效提高身体素质，为第二年的春耕打好身体基础。虽然现代已不提倡吃野生动物，但是从侧面反映出，鸟类在古人生活中占有非常重要的地位，可以说是中华文化不可或缺的一部分。

元代《月令七十二候集解》将立冬分为三候："一候水始冰；二候地始冻；三候雉入大水为蜃。"一候说的是天气寒冷到水已经能结成冰的程度了；二候变得更加厉害，连土地也开始冻结；三候古人又提到了一种古时常见的鸟"雉"，也就是我们通常说的野鸡。他们发现这时候气温骤降，野外已经看不到野鸡了，而海边又出现大量"蜃"，据《淮南子》考证也就是大蛤蜊，所以误以为是野鸡变成了蛤蜊。之所以会这样物候记录，因为野鸡在古人眼里是非常重要的资源，是古人经常狩猎的动物，是猎户和农人赖以生存的食物，野鸡不见了，自然引起了人们的重视，所以变成了立冬三候的标志，提醒人们尊重自然规律而生存。如今看起来虽然愚昧，但这其实是古人生存智慧的体现，也再次体现出鸟类在古人生活中的重要性。

唐代大诗人元稹也在《咏廿四气诗·立冬十月节》中对立冬进行了既朴实又富有诗意的描述：

野鸡

立冬·观鸟

霜降向人寒，轻冰渌水漫。

蟾将纤影出，雁带几行残。

田种收藏了，衣裘制造看。

野鸡投水日，化蜃不将难。

首联描述的是，霜降时节就开始刮来的寒风越发猛烈，吹得人们瑟瑟发抖；连清澈的流水都冻出了薄冰，轻浮在水面之上。这句重点在"轻冰"二字，点出立冬第一候"水始冰"的现象。意味着天气正式告别三秋，向寒冷的冬天迈进。

颔联说的是，月亮冷得都仿佛瘦了，露出了单薄的纤影；迟归的大雁，此时也感到了害怕，排着稀稀拉拉的队伍加速逃离。诗人再次强调天寒地冻，间接点出立冬第二候"地始冻"。

颈联从环境描写开始转向活动描写，描述人们忙着收集储藏粮食，加工制作入冬需要的衣裘。说到衣裘制造，人类自古以来一直都有利用动物皮毛制作服装的传统，但是很少用到鸟类的羽毛，直到1940年羽绒服的发明。而我国古代其实很早就掌握了利用羽毛编织衣服的技法，比如著名的非物质文化遗产——南京云锦。1958年，从定陵出土了一件明朝万历皇帝的龙袍残件，其中使用了大量的孔雀羽毛，文物专家在这件龙袍的腰封

上，查到它出自江南织造，确定了龙袍正是当时南京云锦的巅峰之作，也是中国古代织造工艺的巅峰之作。由于云锦有150多道工序，制作难度非常高，即便如今科技发达，也无法用机器替代，只能手工织造。为了复制这件龙袍，所需孔雀丝线长达300多米，只能大量收集孔雀掉下的羽毛，然后一根根地用手工捻成线，整个龙袍复制耗时3年才完成，足见其珍贵。

尾联没有什么特别的描述，诗人重申了立冬第三候"雉入大水为蜃"。从古人的记载可以看出，立冬有许多关于鸟类的描述，无论是雁南飞、雉变蜃，还是时令进补、织锦裁衣，衣食住行都有鸟类的身影。千百年后的今天，同样是立冬时节，让我们去看看这些曾经在生产生活中伴随我们的祖先一起成长的好伙伴。

赤红山椒鸟 雀形目鹃鵙科的中小型鸣禽，俗名红十字鸟，雄鸟身体火红色，雌鸟鲜黄色，非常具有辨识度。但是容易和短嘴山椒鸟混淆，需要靠翅斑来区分，短嘴山椒鸟的翅斑是"L"形的，而赤红山椒鸟的翅斑是"闪电"形的，不仔细看非常容易出错。赤红山椒鸟一般生活在低海拔地区的山地雨林、阔叶林、松林、草地或耕地中。性格活泼，常成小群活动在树冠层，不停地从一棵树飞向另一棵，而且边飞边叫，好像在嬉戏打闹。主要以昆虫为食，偶尔也吃少量植物种子。赤红山椒鸟是一种具有中国红特色的鸟类，看起来非常喜庆、漂亮。它们红底黑斑的羽毛配色使其远看时犹如一团美丽的火焰，当它们在空中飞舞的时候，更像一团跳跃着的小火苗。因此深受人们喜爱，易被捕捉当作观赏鸟饲养，已被列为国家"三有"保护动物。

赤红山椒鸟

红头长尾山雀　雀形目长尾山雀科的小型鸣禽。体形非常娇小，羽色丰富，身体圆滚滚的像个小球，配上细长的尾巴，看起来很萌。红头长尾山雀是一种山林留鸟，主要栖息于山地森林和灌木、果园、茶园等人类居住地附近的小树林内。常十余只或数十只成群活动。性格活泼顽皮，常不停地在枝叶间跳跃或树与树之间来回飞翔觅食，边取食边不停地鸣叫。主要以农林害虫为食，对植物保护很有意义，已被列入国家"三有"保护动物。

红头长尾山雀

　　黄腹山鹪莺　雀形目扇尾莺科的小型鸣禽。头部灰色、身体橄榄绿色、腹部略带米黄色、长尾巴的留鸟。喜欢栖于芦苇沼泽、草地、农田及灌木丛等地，多在灌丛和草丛下部活动和觅食，仅在鸣唱时栖于高枝。活动时常上下摆尾，或把尾巴竖直翘到背上，十分有趣。主要以昆虫为食，属于农林益鸟，偶尔也吃一些植物果实和种子。

　　棕颈钩嘴鹛　雀形目鹛科的小型鸣禽。这是一种外形有点像小号画眉的留鸟，嘴巴细长且向下弯曲，具有显著的白色眉纹。喜欢栖息于低海拔地带的树林、竹林和灌木丛中，也经常出入村落附近的茶园、果园和田地灌木丛。主要以昆虫及其幼虫为食，属于农林益鸟，偶尔也吃植物果实与种子。该鸟叫声悦耳动听，加上体态优美，酷似画眉，常被捕捉作为笼养鸟供观赏，须注意保护和控制猎取。

棕颈钩嘴鹛

八哥 雀形目椋鸟科的中型鸣禽。通体黑色，仅在翅膀展开时有两块呈"八"字形对称的白色翅斑，由此而得名。前额有一簇长而竖直的羽簇，十分醒目。主要栖息于低海拔地带的次生林、竹林中。性格活泼大胆，喜欢成群活动。善鸣叫，尤其在傍晚时特别喧闹。食性较杂，喜欢追随在耕牛后边啄食犁田时翻出的蚯蚓、昆虫、蠕虫等，或者啄食牛背上的虻、蝇、虱等寄生虫，以及捕食像蝗虫、金龟、蝼蛄之类的害虫，属于农林益鸟，也喜欢吃谷粒、植物果实和种子等，对传播植物种子有利，属于播种益鸟，被列入国家"三有"保护动物。八哥最著名的地方要数能模仿简单的人类语言和其他鸟的鸣叫声，且饲养简单，不挑食，温顺，不怕人，具有较高的观赏价值，自古以来就广泛被人们所熟悉和饲养。

八哥

褐柳莺 雀形目柳莺科的一种，身体呈橄榄褐色、具有细长白色眉纹的小型冬候鸟。常单独或成对活动，多在林下、林缘、溪边、农

田、果园的灌丛与草丛中活动。性格活泼又胆小，喜欢在树枝间跳上跳下或跳来跳去，并不断发出叫声，繁殖期间常站在枝头从早到晚不停地鸣唱，一旦有危险，则立刻躲入灌丛中。主要以昆虫为食，属于农林益鸟，已被列入国家"三有"保护动物。

灰椋鸟　雀形目椋鸟科的中小型冬候鸟，外形特点为头黑、身灰、脸颊白。主要栖息于低海拔地带的疏林和灌丛中，也常见于农田和村落附近的小丛林。喜欢成群活动，当一只带头起飞，其他则会纷纷响应，整群跟着动起来。常在草甸、河谷、农田等潮湿地上觅食，食物主要为各种昆虫，尤其嗜吃害虫，在抑制虫害发生、保护农林方面很有意义，已被列入国家"三有"保护动物。

灰背鸫 雀形目鸫科的中小型鸣禽。形如其名，是一种灰背橙腹的冬候鸟。主要栖息于低山丘陵地带的森林、草坡、果园和农田。比较惧生，常单独或成对活动，多在林地的腐叶间跳动和觅食，属于地栖性鸟类。擅长鸣叫，声音悦耳动听，清脆响亮，可以传播很远，常常固定在某一地方从早叫到晚，鸣叫时多站在下层小树枝上，一旦发现人后立即跳飞到地面急速跳跃逃走。食性较杂，主要以昆虫为食，也吃蚯蚓、蠕虫、植物果实和种子等，已被列入国家"三有"保护动物。

灰背鸫

蓝喉歌鸲 雀形目鹟科的小型鸣禽。又名蓝靛颏，和红喉歌鸲（红靛颏）通常相提并论。因外形出众、歌声好听，曾经备受瞩目，目前是国家二级保护鸟类。为我国传统四大笼鸟画眉、绣眼、百灵和靛颏之一。其中靛颏就包括红靛颏和蓝靛颏，也是老北京地区最火热的观赏鸟之一。曾经流传"红叫天蓝叫地"的说法，意为蓝靛颏擅长模仿地上鸣虫的声音，而红靛颏擅长模仿天空鸟类的鸣叫。在清朝时，靛颏属于各地进贡给皇家专用的观赏鸟，即使是民间也只见于达官显贵人家，并且要配置专门的"鸟把式"去"伺候"。因为靛颏是当时评价最高的笼养鸟，有"匪画眉，土百灵，为有靛颏，鸟中君子，色艺俱佳"的说法，可见靛颏曾经是多么的辉煌。

　　有人可能会说，既然自古以来鸟类就和人们的生活息息相关，一直都有捕食、猎取和豢养野生鸟类的习俗和传统，为什么现在就不行了呢？因为古时的生产力落后，粮食、用品远远不能满足人类的生存需求。更为重要的是，据统计，即便古代最为繁华的宋朝，当时我国的人口也才1亿左右，世界总人口才3亿，因此可以说野生动物比人多，站在食物链顶端的人类数量并不会给这个世界带来严重的破坏。而如今，全世界有80亿人口，可以说人类数量已远超野生动物，这时候如果再像古代那样捕食、捕猎野生动物，可以想见的生态灭顶之灾必然会快速到来，到时候恐怕地球就会像火星那样，寸草不生，生命荒芜了。

大滨鹬、莎草

左图　大滨鹬

小雪·观鸟

小雪

是二十四节气中的第二十个节气，也是冬季的第二个节气，于每年公历11月22日或23日交节。小雪是反映降水与降温的节气，小雪节气的到来，意味着天气会越来越冷、降水量会逐渐增加。

小雪时的气候已进入初冬，天气逐渐转冷。在北方，清晨的露珠已变成严霜，天空中的雨滴偶尔变成雪花，水面的冰也越结越多，整个大地开始出现银装素裹的景象。但这里的"小雪"并不是天气意义上的小雪，不代表一定会下很小的雪，而是古人用来比喻这个节气的气候特征。"雪"是冬季的一个标志物，标志着气温急速下降，可以达到落雨成雪的状态。之所以叫"小雪"，实际上有着初雪的含义，主要是古人为了提醒人们防止农作物的霜雪冻伤而总结出的气候规律。因为二十四节气历法的发明甚至被誉为"中国的第五大发明"，其目的肯定不是仅仅用来预报天气的，归根到底还是为了农事服务。

小雪节气有"冬腊风腌，蓄以御冬"的习俗，因为气温急剧下降，空气变得干燥，是加工腊肉的好时机。人们会在此时开始动手做香肠、腊肉，用传统方法把多余的肉类储备起来，等到开春以后再慢慢享受美食，补充体力。

古人将小雪分为三候："一候虹藏不见；二候天气上升地气下降；三候闭塞而成冬。"古人认为由于此时天空中的阳气上升，大地中的阴气下降，导致天地不接，阴阳不交，所以万物失去生机，连彩虹都没了踪影，天地闭塞而导致严寒的冬天来临。

再来看看唐代元稹的《咏廿四气诗·小雪十月中》是如何描述小雪的。

莫怪虹无影，如今小雪时。

阴阳依上下，寒暑喜分离。

满月光天汉，长风响树枝。

横琴对渌醑，犹自敛愁眉。

诗词大意是，请不要责怪彩虹为什么消失无踪，那是因为如今已经到了小雪"虹藏不见"的时节，北方呼啸而下的寒风吹散了一切，哪怕雨后，也只能见到明净高洁的天空。这时候，阳气上升，阴气沉降，暑气远离我们而去，寒气接管了一切，寒暑之间泾渭分明，彼此互不相干，因此天气越发寒冷，万物停止萌发，真正进入了冬藏的休眠期。此时的北风亘古不变地吹啊吹，吹得天干地燥，天空变得更加高远深邃；吹得已经连一片衣裳都没剩下的树枝，在寒风中彻夜哀号；吹得明月比任何时候都要皎洁，皎洁得就像霜雪洒满人间。此时的月光照在书信上，不用点灯就能历历在目，传达着冬日的思念，那是怎样一种刻骨？仿佛冻出了浪漫和诗意，以至于文人雅士们，纷纷借着清冷的月光相聚一堂，以雪煮茶，操琴弄诗，借酒消愁，感慨万分。

由此可见，小雪既是苦寒的季节，也是浪漫的季节。古时文人特别喜欢用雪煮茶，因为雪代表着纯净和美丽，泡出来的茶也特别有格调，所以在雪天吟诗、访友、品茶、饮酒也更别有一番滋味。白居易在《问刘十九》中展现的就是一种非常轻快的心情，因为有雪有友还有好酒。《世说新语》里记载的"王子猷雪夜访戴"的故事，也是发生在下雪天，成为雪天诗意的绝佳之作。而我们身在南方之南，一年四季都见不到雪，实在有些遗憾。不知同样见不到雪的南方小鸟们是否有此遗憾？抑或是乐在其中，因为它们大多怕冷，要不然也不会每年冬日相聚在花城。雪是没指望了，"友"倒是不缺，只能东施效颦，学学古人，趁此小雪佳节，去野外访访那些来自大自然的特殊朋友吧。

普通鸬鹚　鲣鸟目鸬鹚科的一种大型水鸟，在我国南方通常为留鸟。通体黑色，仅脸颊及喉白色，嘴巴像鹰一样尖端带钩。喜欢栖息于河流、湖泊及沼泽地带。常成小群活动，擅长游泳和潜水，主要以鱼类和甲壳类动物为食。鸬鹚主要通过潜水捕食，在水下用脚蹼和翅膀辅助划水，速度非常快，最深可潜入水下19米，最长能在水下连续追捕70秒，而且靠近猎物后，还会突然伸长脖子用铁钩一样的嘴巴发出致命一击，无论鱼儿多么滑溜，都很难逃过它的追捕。有趣的是，鸬鹚捕到猎物后，并不会就地吞咽，而是一定要浮出水面后才吞食。于是自古以来，人们就利用它的这些特点来帮助渔民捕鱼。过去在云南、广西等地的河川、湖泊，经常可以看到渔民划着狭长的单桨小船，船头往往站立着许多人工训练过的鸬鹚，它们不断地从船上扎入水中，一会儿又浮出水面，把嘴里叼住的鱼吐出来给渔民。据统计，一只鸬鹚一年可捕鱼半吨以上，相当厉害。更令人想不到的是，一旦碰上一只鸬鹚无法抓住的大鱼时，它们还会分工合作，几只鸬鹚共同努力，有的啄头，有的衔尾，把鱼连推带拉拖到船边，方便渔民捕捉。因此鸬鹚不但本领高，而且十分聪明，可以说是捕鱼鸟类中的天花板。因此虽然鸬鹚过去在中国南方是较常见的鸟类，但是由于长期被捕捉和驯养用来捕鱼，野生种群的数量变得非常稀少，已被列入国家"三有"保护动物，需要引起重视。

普通鸬鹚

琵嘴鸭　雁形目鸭科的中大型游禽。因嘴巴比一般的鸭子长，而且末端宽大犹如铲子，外形像琵琶而得名。琵嘴鸭有绿头、白胸和栗红色的腹部，比较美丽和醒目。它们在中国南方为冬候鸟，通常栖息于江河、湖泊、海湾和沿海滩涂等水域，但很少潜水。常成小群活动，多在有烂泥的水塘和浅水处活动和觅食，可能因为怕脏，总喜欢在休息时梳理羽毛、精心打扮。性格谨慎小心，若发现人，则立即停止活动并观望；若有危险，则立刻游向远处或者突然从水面起飞。主要以软体动物、甲壳类、水生昆虫、鱼、蛙等为食，兼吃水藻等植物性食物。觅食方式主要是利用它们小铲子一样的嘴巴在浅水处的泥底中挖掘食物，有时为了探到水底，甚至尾巴朝上在水中倒立跳起水中芭蕾。偶尔也会在游泳时把嘴放在水里来回摆动，利用嘴中的特殊过滤结构滤水收集食物。琵嘴鸭是中国的传统狩猎鸟类之一，由于过度狩猎和环境条件恶化，数量已变少，已被列为国家"三有"保护动物。

琵嘴鸭

凤头䴙䴘　䴙䴘目䴙䴘科的大型游禽。外形优雅，有着修长的颈部和黑色的羽冠，为䴙䴘中体形最大者。在华南属于冬候鸟，喜欢栖息于低山和平原地带的江河、湖泊、池塘等水域。凤头䴙䴘的翅膀又短又圆，不善高空飞翔；腿的位置也已退化靠近尾部，在陆地上几乎寸步难移；但是脚趾两侧的瓣蹼十分发达，因此特别擅长游泳和潜水。它们通常成对或小群活动在长有芦苇水草的开阔水面，水性极佳，可谓优秀的水上芭蕾运动员，水中倒立、翻滚、高速潜泳样样都会。主要以鱼、虾、甲壳类、水生昆虫和水生植物为食。最有意思的是它们花样秀恩爱的方式，在求偶期经常在水面两相对视，身体高高挺起并同时点头，有时嘴上还衔着水草表达爱意，充满仪式感，特别浪漫。

凤头鸊鷉

白琵鹭 鹈形目鹮科的大型涉禽。一种较为珍贵的涉禽，在东南沿海一带为冬候鸟。外形与著名的黑脸琵鹭相似，仅小铲子一样的嘴巴前端为黄色。喜欢栖息于河流、湖泊的岸边，以及沼泽、湿地、海岸、河口三角洲等各类生境。性格机警畏人，常成群活动，休息时往往在水边排成"一"字形散开，像雕像一样长时间站立不动。飞行时常排成稀疏的单行或波浪式的斜列，鼓翼和滑翔结合进行，鼓翼时扇动频率较快，可达每分钟186次。主要以虾、蟹、水生昆虫、蠕虫、甲壳类、软体动物、蛙、蝌蚪、小鱼等为食，偶尔也吃少量植物性食物。觅食方式比较有趣，不是通过眼睛寻觅食物，而是一边在浅水处行走，一边张开嘴巴伸入水中来回扫动，就像用一把镰刀来回割草一样，通过嘴尖扫到猎物来捕获。有时甚至像收割机一样把嘴放到一边，拖着嘴迅速奔跑觅食，场景非常搞笑。白琵鹭虽然不如黑脸琵鹭珍贵，但在野外也较难遇见，全世界数量仅有几万只，属于国家二级重点保护动物。

大白鹭　鹈形目鹭科的大型涉禽。一种外形高洁优雅的涉禽，全身白色，繁殖期更漂亮，头上会生出短小的羽冠，肩膀和背上还会披上纱衣般蓑羽，宛如水中仙子。通常栖息于开阔地带的河流、湖泊、海滨、水田和沼泽地带。常成小群活动，在繁殖期有时也能见到几百只的大群，偶尔也和其他鹭混群活动。性格极为谨慎小心，遇见人即飞走。走路的样子比较有趣，像个缩着脖子驼着背的老人，优哉游哉地缓步前进。主要以甲壳类、软体动物、水生昆虫、小鱼、蛙、蝌蚪等为食。大白鹭由于其冠羽、肩羽、胸羽都可以做饰羽，具有较高的经济价值，且性格温顺，适应力强，成为一种可人工饲养的经济性鸟类。野生大白鹭曾经在中国分布广泛且数量较丰富，由于栖息地环境破坏等原因种群数量急剧减少，已被列入国家"三有"保护动物。

白胸苦恶鸟　这种鸟名字听起来吓人，但其实是一种鹤形目秧鸡科的中型涉禽。上体黑色，腹部白色，形成黑白分明的鲜明对照。常栖息于长有芦苇、杂草或灌木丛的沼泽、农田、河流湖岸等地，多靠近人类居住地附近。常单独或成对活动，性格机警、隐蔽，白天喜欢躲藏在芦苇丛或草丛中休息，到了晨昏和晚上才出来活动，活动时还喜欢边走边叫。善行走，会游泳，但不善飞翔，迫不得已时，才会勉强飞行数十米又落回草丛。行走时动作有趣，不但前后伸缩头颈，而且还上下摆动尾巴，看起来像在表演马戏。杂食性，主要以昆虫、小型水生动物以及植物种子为食，有时会像鸡一样吞食沙粒。繁殖期间雄鸟会在晨昏激烈鸣叫，发出类似"kue"的鸣叫声，所以才得名"苦恶鸟"。另有民间传说称其为"姑恶鸟"，据说是古时一个被恶家姑（婆婆）折磨虐待而死的苦媳妇所化的怨鸟，所以总是"姑恶、姑恶"地叫。苏东坡、陆放翁等人都曾专门作诗咏姑恶鸟，可见宋朝已经有了这传说，这应该都和它特别的叫声有关。

白胸苦恶鸟

反嘴鹬 鸻形目反嘴鹬科的中型涉禽。鸟如其名，最大的特点就是嘴巴长长的，像象牙一样向上翘起，和其他鸟类都不一样。反嘴鹬喜欢栖息于湖泊、水塘、沼泽、水田和海岸地带。常单独或成对活动，但栖息时却喜欢成群结队。常在水边浅水处边走边啄食，有时也常将嘴伸入水中，左右来回扫动觅食。主要以小型甲壳类、水生昆虫、蠕虫和软体动物等为食。属于国家"三有"保护动物。

黑嘴鸥 鸻形目鸥科的中型游禽。这是一种异常珍贵和神秘的候鸟，属于国家一级保护动物。据史书考证，唐朝著名诗人李商隐在他的花园中饲养了5种珍禽，其中之一就是头嘴黑色、眼后有一道白色半圆的黑嘴鸥。尽管几个世纪以来，有许多记载表明这种珍禽曾经多次在中国境内出现，然而鸟类学家却始终找不到它的踪迹。直到1988年春天，在中国江苏省盐城的沿海沼泽地发现了黑嘴鸥及其蛋和巢，1989年又在中国辽宁省盘锦市双台河口自然保护区内发现了大约1200只成年黑嘴鸥和310多个黑嘴鸥巢，占全世界预计总量的70%左右，成为20世纪鸟类学研究史上最重要的成果之一。

大雪·黑嘴鸥 苦草

大雪·观鸟

左图 白腰杓鹬

大雪

是农历二十四节气中的第二十一个节气，也是冬季的第三个节气，于公历每年12月7日或8日交节，此节气的到来标志着正式进入了隆冬时节。《月令七十二候集解》中记载："大雪，十一月节。大者，盛也。至此而雪盛也。"意味着"大雪"时节，我国大部分地区已进入冬季，最低温度都降到了0℃以下，在北方强冷空气和南方暖湿空气的剧烈交锋下，不时会出现下雪天气。和"小雪"节气一样，"大雪"节气自然不是指一定会下大雪的意思，其寓意是指降雪量增多，天气越发寒冷和潮湿。

大雪节气其实未必会下雪，但可以肯定的是，此时北方如果降水，落下来的必然是朵朵雪花，这是冬天最醒目的标志。古代先民发祥于北方黄河流域，春风夏雨，秋霜冬雪，积累出了四季更替的记忆，故而诞生了二十四节气的代代流传。而不起眼的一片片雪花，带着不轻易化去的执着，造就了那无边无际的白色童话世界，让人瞬间记住了冬天。

对普通百姓来说，雪代表着纯洁和浪漫。对农事来说，雪更不一定是坏事。南宋宰相兼诗人范成大的名作《减字木兰花·腊前三白》中提到"腊前三白，春到西园还见雪"。无独有偶，同时期的高丽国户部尚书兼诗人李奎报也在诗作《十一月三日大雪》中提到"初雪已如此，何忧不三白"。他们所说的"三白"，指的就是腊月前的三场大雪。按照古人的经验，腊月前的三场大雪可以保证土地的湿度，有利于开春的耕田和播种，也就是俗话中常说的"瑞雪兆丰年"，这是中国传统农业文化里非常宝贵的经验。由于古时高丽一直用的是我国的传统历法，包括节气历，地域上又与我国北方毗邻，所以文化和气候背景都与我国古时的北方一模一样，让人难以分辨。其实，大雪时节的积雪不光可以给农作物保温保湿，还能冻死土壤表面的虫卵，为来年的丰收奠定基础。正如明朝著名文学家杨慎在《十一月十三日雪》中总结的"飞雪正应大雪节，明年馥是丰年期"。

我国古代将"大雪"分为三候："一候鹖鴠（hé dàn）不鸣；二候虎始交；三候荔挺出。"意思就是，因为此时的天气过于寒冷，连最不怕冷的寒号鸟都躲起来不再鸣叫了；按照古人的理解，此时是隆冬即阴气最盛的时候，所谓盛极而衰、阴极阳生，所以阳气已有所萌动。以现代科学的视角来看，也就是太阳直射点快要接近最南端的南回归线了，过了冬至那天即将回归，于是老虎有感于阳气的萌动开始出现求偶行为；同样，三候中提到的"荔挺"为一种兰草，也感到阳气的萌动而抽出新芽。

再来看看更早的唐代是怎么描述大雪时节的：

咏廿四气诗·大雪十一月节

[唐]元稹

积阴成大雪，看处乱霏霏。

玉管鸣寒夜，披书晓绛帷。

黄钟随气改，鹖鸟不鸣时。

何限苍生类，依依惜暮晖。

诗文大意是："大雪"时节由于寒气集聚，终于凝聚成了大雪，天地间到处白雪皑皑。在百无聊赖的雪夜里，有人吹响了乐器消磨时光，也有人趁着雪夜的浮光伏案读书，不知不觉间朝霞染红了窗帷，为冬日的寒酷增添了一抹暖红。由于严寒的到来，代表冬至的黄钟律好像都要提前敲响一样，而与之相反的是，连不怕冷的鹖鸰也都躲起来不再鸣叫了。这个叫人爱恨交织的岁末呀，就如同每天傍晚的落日余晖一样，虽然充满惆怅，但依旧美得不可方物，令人珍惜不已。

从古人的记载中，我们可以看出，大雪时节已经是真正的农闲季节，四处白雪皑皑，天寒地冻、交通受阻，人们几乎什么都做不了。而且这时候往往离过年还有一段时间，无论是以冬至作为年的开始，还是以春节作为年的开始，这段时间都是一年中难得放松的时光。所以虽然苦寒，但是人们不用担心劳累，动物们不用担心天敌追捕，连树木花草也都落叶枯尽，没什么好担心的了，只等春来绽放，以至于万物苍生都会珍惜这段时光。不信，我带你们去看看大雪时节的小鸟们，感受一下它们的快乐。

绿翅鸭 雁形目鸭科的中型游禽。它的名字来源于翅膀上一块泛有金属光泽的翠绿色羽毛，这块羽毛因为与周围羽毛颜色反差很大，像镜子一样闪闪发亮，故称为"翼镜"。翼镜是以鸭子为首的鸟类的一个重要特征。绿翅鸭喜欢集大群活动，常栖息在开阔的江河、湖泊、河口、港湾、沙洲、沼泽和沿海地带。它们的翅膀敏捷有力，飞行速度快，有时可以从水面冲天而起。也擅长游泳，只有在陆地上行走时显得有些笨拙。杂食性，主要以植物性食物为主，也吃甲壳类、软体动物、水生昆虫和其他小型无脊椎动物。

绿翅鸭曾经是中国数量最多和最常见的一种产业狩猎鸟类，不仅分布广，数量也极为庞大，特别是迁徙季节和冬季，常能见到数百只甚至上千只的大群。如今因为野生种群数量明显减少，已经很难见到如此壮观的场面，已被列入国家"三有"保护动物。2020年开始，国家颁布了《关于规范禁食野生动物分类管理范围的通知》，禁止了对绿翅鸭以食用为目的养殖活动。

绿翅鸭

山斑鸠　鸽形目鸠鸽科的中型陆禽。与近亲珠颈斑鸠最大的区别在于颈部两侧各有一块黑色条纹组成的斑块印记，非常醒目。常栖息于丘陵、平原的树林、果园和农田附近的林木上。喜欢成对或成小群活动，比较团结友爱，一旦一只被伤害，另一只在惊飞后会多次飞回原处上空盘旋鸣叫。在地面觅食时常小步快速前进，边走边前后摆动头部。主要吃各种植物和农作物的果实、种子和谷物，有时也吃一些昆虫。消化能力强，冬天的时候，常靠吃乌鸫啃食完果肉的樟树籽硬核为食。哺育雏鸟时，也会从嗉囊中吐出半消化的乳状食物"鸽乳"饲喂。已被列入国家"三有"保护动物。2020年开始，国家禁止了对山斑鸠以食用为目的养殖活动。

山斑鸠

蚁䴕　䴕形目啄木鸟科的中型攀禽。一种不算珍稀却很特别的鸟类，脚趾和其他啄木鸟一样为对趾结构，即两趾向前，两趾向后。由于羽毛颜色和花纹接近树木，特别擅长伪装。一旦遇到危险，就闭上眼睛直挺挺蹲在树枝上，怎么看都像一截小树桩，很难被发现。它不像啄木鸟那样打洞捉虫，而是靠长长带有刺毛和黏液的舌头伸进蚂蚁洞舔食蚂蚁，是带翅膀的食蚁兽。除了擅长伪装，它还有个保命绝招，就是一旦碰到无法躲避的敌人，就180度快速摆动头部，并吐出长舌伪装毒蛇吓走敌人，所以又被叫作"蛇颈鸟"。这种神秘的鸟类是候鸟，分布广泛，亚、非、欧都有，属于国家"三有"保护鸟类。

金头扇尾莺 雀形目扇尾莺科的小型鸣禽。繁殖期的雄鸟顶冠呈亮金色，十分好看。喜欢栖息于低海拔的山脚、平原和耕地地带的灌木丛与草丛中。常单独或成对活动，有时也见成小群，特别是冬季。春夏繁殖季节中，雄鸟常停栖于较高的草茎枝条上高声地鸣唱，声音比较特别且刺耳。主要以蚂蚁等小型昆虫为主食，偶尔也吃杂草种子。属于鸟中的"渣男"，在一个繁殖季内，一只雄鸟可同时拥有2-3只雌鸟，拥有多个繁殖巢，形成一夫多妻的交配体系。雄鸟虽然有明显的领域行为，但不承担任何照顾子女的责任。此外，它们和缝叶莺一样是筑巢高手，会用针一样的喙给树叶边缘打孔，然后穿针引线，利用蛛丝将树叶"缝合"在一起形成精巧耐用的巢穴。金头扇尾莺属于留鸟，在中国的种群数量有明显下降趋势，在一些过去有分布记录的地区已很难见到。

丝光椋鸟　雀形目椋鸟科的中型鸣禽。和八哥虽然是亲戚，但是形象截然不同。丝光椋鸟外形靓丽，头颈为丝光白色，身体呈灰色，翅膀和尾巴呈蓝黑色。主要栖息于丘陵和山脚平原地区的树林、草坡等开阔地带，尤其在果园、农田附近较常见，喜欢栖息在电线上，筑巢于洞穴中。除繁殖期外，常成3-5只的小群活动，冬季常结成大群在农田和草地上觅食。性格较胆怯，但叫声清甜、响亮。主要以昆虫为食，尤其喜食地老虎、甲虫、蝗虫等农林业害虫，也吃一些植物果实和种子，是食虫益鸟。丝光椋鸟是我国特产鸟类，在中国大部分地区为留鸟，种群数量曾经较为丰富，且分布也较广。由于常在农田和村落等人类居住区活动和觅食，一方面受农药等环境污染的影响，另一方面也常被人捕捉作为笼养鸟观赏，因此丝光椋鸟无论是分布区域还是种群数量，都已呈现明显下降趋势，已被列入国家"三有"保护动物。

丝光椋鸟

灰鹡鸰　雀形目鹡鸰科的小型鸣禽。身体呈灰色，腹部呈黄色，尾巴长长的，非常好认。在华南地区为冬候鸟，主要栖息于河流、湖泊、沼泽等水域的岸边或附近的草地、农田中。常单独或成对活动，有时也集成小群或与白鹡鸰混群。飞行时比较有特色，两翅一展一收，呈波浪式前进，并不断发出鸣叫声。常停栖在水边和水中露出的石头上，喜欢沿着河边边走边觅食，尾巴不停地上下摆动，好像很着急的样子。主要以昆虫为食，是一种重要的农林益鸟，已被列入国家"三有"保护动物。

理氏鹨 也是雀形目鹡鸰科的小型鸣禽。理论上和灰鹡鸰是亲戚，可是外形一点都不出彩，乍一看有点像麻雀。但是它们的气质非常出众，总是站得笔直，一副昂头挺胸的绅士形象，在鸟类中都很少见，这可能和它们的后脚爪特别长、平衡能力突出有关。理氏鹨主要栖息于开阔的草地、河滩、灌丛、农田和沼泽地带，特别是火烧过的草地和放干的稻田。常单独或成小群活动，也像灰鹡鸰一样呈波浪状飞行，每次跌飞均会发出叫声。主要以昆虫为食，秋冬季也吃些草籽。尤其爱吃蝗虫，是消灭蝗虫的好帮手，属于国家"三有"保护动物。理氏鹨分布广泛，在中国大部分地区都是夏候鸟，仅在南方沿海地区为冬候鸟。

黄眉鹀 雀形目鹀科的小型鸣禽。头顶中央有一条像古罗马战士

那样的羽冠，上面还有一条从前到后的白色冠纹，加上显著的鲜黄色眉纹，外形给人印象深刻，可能是鹀类中颜值最高的存在。繁殖期间栖息于西伯利亚地区的灌丛、草地和溪边丛林中，迁徙期间和冬季栖息在丘陵和平原地带的林间路边、溪流沿岸、灌丛草地和农田等。性格孤僻安静，一般喜欢单独活动或与其他鹀类混小群生活，从不结成大群。每天多数时间隐藏于灌丛或草丛中，很少鸣叫，只有在受惊起飞时才发出声音。但在春季繁殖期时，会发出婉转而优美的鸣声。多在地面觅食，杂食性，春季以杂草种子为主，秋冬季以各种谷类为主，偶尔也吃少量昆虫和浆果等，对田间杂草防治有益，属于国家"三有"保护动物。黄眉鹀在西伯利亚地区繁殖，每年春秋两季迁徙路经中国，仅在华南地区越冬，并不常见。

黄眉鹀

　　如今的大雪时节，不管有没有雪，人们依旧忙碌，城市依旧车水马龙。我有时会想，是不是人们的节奏太快，而大自然有它亘古不变的节奏，因此跟不上了。排放不能及时吸收，污染不能及时消化，气候环境问题也就越发严重。我们是否应该学学古人，在适当的时候稍稍放慢节奏，享受一下大自然赐予我们的美好休闲时光，为来年的拼搏充电蓄力，更重要的是也让大自然得以休养生息。发条上得太紧容易崩坏，一张一弛才是可取之道，所谓的可持续发展，或许不就是如此吗？

白琵鷺、蘆葦

时间：2023 年 1 月 1 日

地点：广州南沙湿地

天气：多云，15℃

左图　白琵鹭

冬至·观鸟

冬至

又称日南至、冬节、亚岁等，既是二十四节气中一个重要的节气，也是中国民间的传统节日，兼具自然与人文两大内涵。冬至这天是太阳直射点北归的转折点，这天过后太阳直射点开始从南回归线向北移动，北半球的白昼将会逐日增长，太阳高度也会回升，标志着太阳往返运动进入新的循环，甚至被古人视为太阳的新生。《月令七十二候集解》中记载："十一月中，终藏之气至此而极也。"这是说冬至这一天，阴寒之气将开始削弱，阳气开始回升。所以古人把冬至看作"大吉之日"，其重要程度不亚于立春岁节。

虽然太阳开始回归了，但是在天气方面，冬至并不是气温最低的时候。实际上，由于地表尚有"积热"，冬至通常不会很冷，真正的严寒在冬至之后。民间有"夏至三庚入伏，冬至逢壬数九"的谚语，由冬至开始按九天为一个单位计算寒冷的天数，俗称"进九"，即："一九二九不出手，三九四九冰上走，五九六九沿河看柳，七九河开八九雁来，九九加一九，耕牛遍地走。"从相对寒冷的一九二九，到最冷的三九四九，再到春回大地的五九六九，非常细致地描述了天气的变化过程。也正是因此，汉代太初元年，司马迁与天文学家落下闳、邓平等人共同制订了《太初历》，将秦朝以十月为岁首，改为通常处于五九的正月为岁首。他们认为，只有辞别严寒的冬日，迎来万物复苏的春天，才是普天同庆的好时机，当然也有正月还未出农闲阶段的原因，这也就是为什么我们如今在农历正月过新年的由来。

冬至是四时八节之一，被视为冬季的大节日，在古代民间有"冬至大如年"的说法。中国北方一直有冬至吃饺子的习俗，江南一带则要吃"团圆饭"，华南地区有冬至祭祖、宴饮吃烧腊的习俗。

古人把冬至分为三候："一候蚯蚓结；二候麋角解；三候水泉动。"意思是土中的蚯蚓因为天气寒冷，蜷缩着身体继续冬眠；麋鹿感觉到阴气渐退而阳气回升，于是脱落鹿角，开始新的生长周期；由于冬至后太阳直射点北返，太阳高度不断回升，白昼逐日增长，光照强度随之增加，所以山中的泉水获得热量开始重新流动。

从这里可以看出，古人对冬至的印象可以总结为天寒地冻、阴极阳生、萌动新生，哪怕用现代的眼光来看，也可以说有一定道理。其实七十二候之说最早可以追溯到西周的《逸周书·时训解》，早在那时古人就非常细致地记录了每一候的自然现象。后经战国末年的《吕氏春秋》和汉代的《礼记·月令》不断完善，直到元代归纳总结为《月令七十二候集解》，前后经历2000多年，也几乎没有什么太大的改动。所以虽然其中有些物候描述得不那么科学，比如"鹰化为鸠""田鼠化为鴽""雀入大水为蛤""雉入大水为蜃"等，但对于了解古代黄河流域的农耕文化，仍然具有很大的参考价值。因为这是古代中原地区的人们对农业生产、生活实践的感性认识的经验总结，也是华夏文明在天文学、气象学、节候学方面的重要成果。

除此以外，唐代宰相元稹为了指导农耕、水利，集众人之力编著的《咏廿四气诗》比《月令七十二候集解》更朗朗上口和富有诗意，也值得我们借鉴。

咏廿四气诗·冬至十一月中

[唐]元稹

二气俱生处，周家正立年。

岁星瞻北极，舜日照南天。

拜庆朝金殿，欢娱列绮筵。

万邦歌有道，谁敢动征边。

诗词大意是，早在周朝时期，人们就已经知道阴阳二气在冬至时交替的规律，所以将阳气开始回升的这一天作为新年，是再恰当不过的了。这时候，作为古时岁星纪年法中的岁星——木星将会出现在地球的最北端，而太阳则会运行至地球的最南端，标志着阴极阳生的冬至到来。皇帝们会在冬至这天举行盛大的祭天大典，而且是载歌载舞、开筵相庆。百姓们也会遵照"冬至大过年，不返无祖宗"的习俗，准备丰盛的美食，回家祭祖或邀请亲朋好友欢聚一堂。恰逢这举国上下都在欢庆之时，谁还敢无端挑起那些征蕃戍边的战事，破坏这么喜庆的氛围呢？

从诗文可以看出，上古周朝开始，冬至在人们心中就已经如过年一般，是实实在在的大吉之日，必须祭祀、祭祖、宴庆、止戈，成为人们向往和平美好生活的标志。

在这么有历史、有传承、有美好寓意的日子，不庆祝一下实在有点遗憾，不妨跟我们一起去大自然探访鸟类朋友吧。

斑嘴鸭　雁形目鸭科的中大型游禽。嘴巴后端为黑色，前端为黄色，且繁殖期黄色嘴尖处有一黑点，因此得名。斑嘴鸭的翅膀上也有明显的翼镜，多为金属绿色、蓝色、绿紫色。主要栖息在内陆的江河、湖泊、沼泽等地带，迁徙期间和冬季也出现在农田和沿海地带。除繁殖期外，常成群活动，有时也和其他鸭类混群。常在水面活动，在岸边沙滩或水中小岛上休息，有时也会漂浮于水面，将头嘴反插于翅下休息。擅长游泳和行走，但很少潜水。鸣声洪亮而清脆，可以传得很远。喜欢在农田、沟渠、水塘和沼泽地上觅食，主要吃水生植物的叶、嫩芽、茎、根和水生藻类、草籽和谷物种子，也吃昆虫、软体动物等动物性食物。

斑嘴鸭　中国家鸭的祖先之一，从遗传资源的角度看，具有重要的科研价值。野生种群原本极为丰富，也是中国的传统狩猎鸟类之一，每年都有大量的猎取量。多年来，由于过度猎取，加之生境条件恶化，斑嘴鸭种群数量日趋减少，已被列入国家"三有"保护动物。从2020年开始，国家对斑嘴鸭等45种野生动物禁止了以食用为目的养殖活动。

　　东方白鹳　鹳形目鹳科的大型涉禽。是一种非常珍稀的涉禽，红长腿配上黑长嘴，体态优美，气质优雅，被誉为"鸟中国宝"，已被列入国家一级重点保护野生动物。东方白鹳在繁殖期主要栖息于远离居民区的偏僻草地、湿地和沼泽地带。除了在繁殖期成对活动外，其他季节大多群体活动，有时聚集成数十只甚至上百只的大群。休息时常单腿或双腿站立，颈部缩成"S"形。它们的性情机警而胆怯，如果发现有入侵者，就会急速拍打上下嘴，发出"嗒嗒嗒"的响声，并配合肢体动作来发出警告，十分有特色。

　　东方白鹳觅食时喜欢漫步在水边草地或者沼泽地上，步态轻盈，边走边啄食。平时最喜欢吃鱼，也吃蛙、鼠、蛇、蜥蜴、软体动物、节肢动物、甲壳动物、环节动物、昆虫等动物性食物，秋季还会捕食大量的蝗虫，冬季和春季也采食植物种子、叶、草根、苔藓等，此外平时也常吃一些沙砾和小石子来帮助消化。东方白鹳的寿命可达48年以上，是鸟类中少见的长寿者。东方白鹳从前在东亚地区是常见的鸟类，但在1868-1995年，由于非法狩猎、农药污染、栖息地破坏等原因，种群数量快速减少，朝鲜、韩国的繁殖种群已于20世纪70年代初灭绝，日本也仅能在冬季偶尔发现少量的越冬个体，只有俄罗斯远东地区和中国东北还残存少量种群。我国于20世纪80年代开始出台各种保护措施，如今东方白鹳种群数量已有所回升。

　　苍鹭　鹳形目鹭科的大型涉禽。身体呈灰色，看起来没有常见的白鹭醒目，但同样体态优美、气质出众。常栖息于江河、湖泊、海岸、沼泽、水田等水域岸边和浅水处，成对或成小群活动，在迁徙期和冬季会集成大群，有时亦和白鹭混群。喜欢将脖颈曲缩于两肩之间，一脚站立，另一脚缩于腹下，长时间站在水边一动不动，故有"长脖老等"之称。其实这是它们觅食的主要方式，一旦鱼类或其他水生动物进入视线，立刻伸颈啄之，极为灵活敏捷，有点守株待兔的味道，可谓休息、觅食两不误。主要以小型鱼类、泥鳅、虾、蝲蛄、蜻蜓幼虫、蜥蜴、蛙和昆虫等动物性食物为食。苍鹭分布极为广泛，亚非欧大陆都有，在我国北方为夏候鸟，南方则为留鸟。

　　这是一种拥有古老传说的鸟类，古埃及神话中的鸟神贝努鸟就是苍鹭形象；在古罗马，苍鹭则是一种神圣的占卜鸟，人们通过它的鸣叫来占卜未来或算命。著名的德鲁伊，即英国古代凯尔特人的祭司，也用苍鹭进行占卜。历史上，苍鹭还曾经作为一道美食成为英国国宴等特殊场合的高级菜肴，类似于清朝的满汉全席。据记载，1465年，约克郡大主教招待宾客时，一次就用了400只苍鹭。由于长年的捕杀和栖息地破坏，加上容易感染禽流感和禽肉毒杆菌，苍鹭的数量逐渐减少，在我国已被列入国家"三有"保护动物，并建立了专门的栖息地保护区进行保护，也禁止了以食用为目的养殖活动。

栗苇鳽　鹈形目鹭科的中型涉禽，浑身棕栗色。在华南地区为留鸟，常栖息于芦苇沼泽、水塘、溪流和水田边的灌丛中。夜行性，多在晨昏和夜间活动。性格胆小而机警，很少飞行，多在芦苇丛中匿行。主要以小鱼、黄鳝、蛙、螃蟹、水生昆虫等为食，有时也吃少量植物性食物。曾经在中国的种群数量较为丰富，由于环境变化和人为干扰等原因，种群数量已有所减少，已被列入国家"三有"保护动物。

黑水鸡　鹤形目秧鸡科的中型涉禽，具有标志性的红色嘴和额甲。在长江以南多为留鸟，喜欢栖息于富有水生挺水植物的淡水湿地、沼泽、湖泊、水田等地带。常成对或成小群活动，善游泳和潜水，不善飞行，飞不多远又会落入水面或水草丛中，非危急情况下一般不起飞。性格胆小机警，遇人立刻游进芦苇丛或草丛中，或潜入水中到远处再浮出水面。最厉害的是能在水下用脚抓住植物茎秆，仅将鼻孔露出水面进行呼吸，可在水下躲很久，可谓保命绝技。另外和水雉一样具有特别修长的脚爪，能在水生植物上奔走，仿佛踏水而行。主要吃水生植物的幼芽、嫩叶、根茎以及水生昆虫、软体动物等。已被列入国家"三有"保护动物，并被禁止以食用为目的养殖活动。

黑水鸡

冬至·观鸟

    环颈鸻 鸻形目鸻科的中小型涉禽。这一种非常呆萌的水鸟，圆滚滚的像个毛球。喜欢单独或集小群活动于河岸沙滩、河口沙洲、沿海沼泽、盐田、海岸滩涂等地带。迁徙期尤其喜欢集群活动，有时也与其他小型鸻鹬类结群觅食。行动敏捷轻巧，奔走速度非常快，喜欢边奔走边啄食，啄食动作也极为敏捷和迅速。主要以蠕虫、昆虫、软体动物为食，兼食植物种子和叶片。环颈鸻在全世界分布范围比较广，在我国北方为夏候鸟，在西南有些地区为冬候鸟，在华南则为留鸟。由于筑巢方式简陋，仅在沙滩上刨个浅坑孵蛋，所以比较容易被游客捡蛋，被田鼠和黄鼠狼偷食鸟蛋和雏鸟，以及被大雨、洪水等破坏鸟巢，所以数量逐渐减少，已被列入国家"三有"保护动物。

    环颈鸻有一种非常特别的拟伤伪装（injury feigning）行为，这种行为多发生在一些营地面巢的鸟类身上。每当它们发现鸟巢附近出现天敌之后，就会将一侧的翅膀拖拉在地面，假装自己身受重伤，将天敌的注意力从巢中嗷嗷待哺的雏鸟身上转移到一瘸一拐的自己身上，并保持伤残的姿势迅速向远离巢的方向跑动，将捕食者引到远处，再恢复正常状态设法逃脱，使出一招完美的调虎离山计，无论智慧和勇气都让人赞叹。

环颈鸻

小杓鹬　鸻形目丘鹬科的一种比较罕见的小型涉禽，它的嘴长而向下弯曲，像一柄小弯刀，是体形最小的杓鹬，属于国家二级重点保护动物。在繁殖期它们大多单独或成小群栖息于山地森林及矮树丛地带，并喜欢在附近的水域周边活动，迁徙期和冬季则会同其他鹬类混成较大的群体在湖滨、河滩、湿地、海岸沼泽以及附近的农田、草地上活动。小杓鹬最喜欢在退潮后的滩涂上觅食，在淤泥中寻觅和啄食小鱼、小虾、甲壳类动物和昆虫等，有时也吃藻类和植物种子。它们是当之无愧的飞行健将，每年沿着东亚 – 澳大利西亚候鸟迁徙路线，往返于西伯利亚和澳大利亚之间，全程不下上万千米，每一次迁飞都可以说是一次生死考验，令人感慨。其实不光小杓鹬，整个杓鹬家族由于生存考验严峻，种群数量普遍稀少，大多为重点保护鸟类，在鸟类中的地位颇高，国际上已将4月21日定为"世界杓鹬日"，可见一斑。

小杓鹬

白翅浮鸥　鸻形目鸥科的一种中型游禽。身体呈黑色，翅羽和尾呈白色，而且尾巴开叉，所以又称它为白翅黑海燕。常成群活动于内陆河流、湖泊、沼泽和沿海沼泽地带。擅长飞行，觅食时多在水面低空飞行，并通过快速扇动两翼，使身体停浮于空中观察，一旦发现食物，即刻俯冲捕食。主要以小鱼、虾、水生昆虫等为食，有时也捕食蝗虫和其他昆虫。筑巢方式比较特别，喜欢数对或数十对在一起筑群巢，而且是不太多见的浮巢，利用芦苇和水草堆集而成。白翅浮鸥在全世界分布广泛，在我国北方为夏候鸟，南方为冬候鸟，属于国家"三有"保护动物。

冬至·观鸟

白翅浮鸥

在我们长期观鸟的经历中，不难发现，越来越多的野生鸟类成为保护动物，禁止捕食猎杀野生鸟类的措施也越来越多，说明全世界都意识到了保护野生动物的重要性，令人非常欣慰。这让我联想到，或许冬至最有意义的地方便在于"止戈"。自古战乱对于人类和生态环境的伤害最大，所以生存不易，人们必须学会珍惜。而且不光人类的生存不易，动物世界的生存一样充满挑战。无论是环颈鸻这样通过拟伤行为与捕食者斗智斗勇，还是像一些雀形目小鸟那样聚集起来咆哮驱赶捕食者的聚扰行为（mobbing），亲鸟总是在雏鸟生命的险要关头，展现出无比的勇气，将危险引向并不强大的自己。如果说这只是适应性进化筛选出来的冷冰冰的基因本能，实在令人无法接受。毕竟动物所展现出的护子心切，和人类温暖而深沉的爱如出一辙，不分高下。这种牺牲自己的高风险护雏行为，怎么看也不像是纯粹为了提高物种生存概率而进化出的反捕食策略，因为动物和人同样有眼耳口鼻舌身意，同样有色声香味触法，凭什么让人相信，那么深切的眼神中，只有本能，没有爱？

青頸潜鴨・紅萱

时间：2023 年 1 月 7 日

地点：中山崖口

天气：晴，21℃

左图 青头潜鸭

小寒·观鸟

小寒

是二十四节气中的第二十三个节气，也是冬季的第五个节气。小寒是天气虽然寒冷，但还没有冷到极点的意思，它与大寒、小暑、大暑一样，都是表示气温冷暖变化的节气。

小寒时节，太阳直射点刚从南回归线折返，离北半球还差得很远。北半球白天吸收的热量还不足以弥补夜晚散失的热量，再加上西伯利亚冷空气频繁南下，因此北半球的气温还在持续降低，在小寒、大寒之际降到一年中的最低点。

小寒是腊月的节气，由于古人会在年末十二月份举行祭祀众神的腊祭，因此又把十二月叫作腊月。汉代《风俗通义》记载："腊者，猎也，言田猎取禽兽，以祭祀其祖也。"也有说法称："腊者，接也，新故交接，故大祭以报功也。"所以"腊"其实就是古人在冬末猎取禽兽来祭拜祖先和诸神的仪式。一来表达对祖先的崇敬与怀念，二来感谢诸神赐予的风调雨顺。腊祭是我国古代重要的习俗之一，远在先秦时期就已形成，一直流传至今。

此外，腊月还是古时"放年学"的时候，也就是我们现代学生们放寒假的由来。清代有记载："每至十二月，于十九、二十、二十一、二十二四日之内，由钦天监选择吉期，照例封印，颁示天下，一体遵行。"也就是说，从农历十二月二十左右一直放到正月十五，让辛苦了一年的莘莘学子轻松过个年，前后三周至四周的样子，和现在差不多。

小寒节气还有一项重要的民俗就是喝腊八粥。喝完腊八粥，人们就要开始忙着写春联、买年画、剪窗花、置彩灯、备香火等，为过春节做准备了。

古人将小寒分为三候："一候雁北乡；二候鹊始巢；三候雉始雊。"意思是说，小寒节气的时候，大雁会提前从南方开始北返，喜鹊冒着严寒开始筑巢，野鸡也开始欢鸣。众所周知，小寒已经是一年中接近最冷的阶段了，动物们不应该把自己裹得严严实实的，躲在窝里冬眠吗？为什么会表现出不像在严冬应该有的行为呢？其实鸟类的感知，确实比人类要敏锐得多。它们已经提前感应到冬日的终结和春日的来临，精神抖擞地开始准备了。大雁北返，意味着刚好赶在北方春暖花开时回到家乡；喜鹊开始筑巢，意味着开春就能迎来新的生命。我们都知道鸟类筑巢就像人类结婚入新房一样，开始孕育后代。一般大多数鸟类都在三四月筑巢繁殖，喜鹊可以说是行动最早的鸟类之一，所以被古人视为吉祥鸟也不无道理，在最苦寒的季节，繁衍后代，哺育新生，不正是人们喜闻乐见的吗？野鸡欢鸣，其实也是求偶的表现，看到喜鹊们喜结连理，野鸡们也不甘落后，冒着严寒开始谈恋爱了。所以鸟类这种积极进取的精神，不正印证了那句至理名言："寒冬已经来临，春天还会远吗？"

大雁

　　古人通过自然物候现象所隐晦表达出来的这种乐观主义精神，其实非常难能可贵，可以说充分反映了中华民族吃苦耐劳的优秀传统，我们再看看唐时的《咏廿四气诗》是如何描述的。

咏廿四气诗·小寒十二月节

[唐]元稹

小寒连大吕，欢鹊垒新巢。

拾食寻河曲，衔紫绕树梢。

霜鹰近北首，雏雉隐丛茅。

莫怪严凝切，春冬正月交。

　　诗词大意是，到了小寒这个时候，就好像"音律"上快要迎来"大吕"一般，这时候连喜鹊也感知到春天不远了，开始欢喜地筑起新巢。它们喜欢去河道弯弯的地方觅食，因为那里方便它们寻找湿泥和树枝，以便用来在树梢上筑巢。

喜鹊

小寒·观鸟

　　此时的老鹰也开始有了北归的打算，更不用说野鸡早就藏在草丛里开始欢鸣求偶了。因此不要抱怨天气如此寒冷彻骨，因为春天快要来了，冬天正在做最后的挣扎，正如黎明前的黑暗一般，当我们面对最寒冷的时刻，春天已经在向我们招手。

　　从古人的这些描述可以看出，小寒是一个鸟类活动频繁的节气，无论是大雁、老鹰、喜鹊，还是山鸡，都能感知到春天的临近。"春江水暖鸭先知"，动物的感知确实比人类敏锐得多，而且聪明的古人也注意到了，才会拿它们作为节气的物候现象，来提醒人们如何顺天而行。所以与其说节气是一种文化，不如说是一种智慧，凝聚了人类与动物们的多少心血，也见证了携手共度的无数岁月。未来该如何，我想已经不言而喻，善待生灵，共筑美好家园，必然会是一代代人的重要使命。而这一切，不如就先从身边的鸟类开始吧。

凤头潜鸭 雁形目鸭科的一种中等体形的游禽。头顶有一根略长而下垂的"小辫"，这就是"凤头"的由来。主要栖息于湖泊、河流、沼泽等开阔水面。喜欢成群在碧波荡漾的深水环境活动，很少在岸边浅水处或者浑浊的水中活动，迁徙季节和越冬季节常与其他潜鸭混成大群。擅长游泳和潜水，可潜入水下2-3米深，但在陆地上非常笨拙，也很少上岸活动。起飞时需双翅急速拍打水，在水上奔跑一段距离才能飞起，显得有点笨拙。主要通过潜水，或将头扎入水中，尾巴朝上倒立在水中觅食。食物主要为虾、蟹、水生昆虫、小鱼、蝌蚪等。凤头潜鸭是一种迁徙性鸟类，在华南地区为冬候鸟，由于对水质要求比较高，容易受栖息地破坏的影响，已被列入国家"三有"保护动物。

凤头潜鸭

白鹭 鹈形目鹭科的大型涉禽。又称小白鹭，以区别于大白鹭、中白鹭和黄嘴白鹭，是白鹭家族中体形最小的。身体修长，全身白色，嘴和腿是黑色。夏羽的枕部有两根细长的饰羽，随风飘扬，前颈和背部还有像纱一样的蓑羽，非常漂亮。常栖息于水田、河岸、沙滩、泥滩等地，喜欢以小群活动于水边浅水处，也常与其他种类的鹭混群。常一脚站立于水中，另一脚曲缩于腹下，头缩至背上呈"S"状，长时间呆立不动。行走时步履轻盈、稳健，飞行时两翅缓慢地鼓动，显得从容不迫。白天成群由栖息地飞往觅食地活动，晚上则成群飞回栖息地休息，栖息地多选在小片密林中的高大树冠上。觅食时，常用脚探入水中搅动，捕食受惊吓的鱼虾。以各种水生动物、水生昆虫以及陆生昆虫为食，也吃少量植物性食物。

　　白鹭是中国常见的一种鹭类，长江以北多为夏候鸟，长江以南多为留鸟，数量较丰富。但由于受到湿地退化、农业生产和工业污染的影响，加上该物种易受到禽流感的影响，因此种群数量有所下降。白鹭的冠翎具有较高的饰用价值，过去曾被大量猎取，后来实现了人工驯化饲养，现已禁猎，且被列入国家"三有"保护动物，种群数量恢复较快。

白鹭

　　鹗　鹰形目鹗科的中大型猛禽。它的另一个名字"鱼鹰"你一定听说过，早在18世纪就被生物分类学鼻祖卡尔·林奈命名。但该物种的分类一直存在争议，因其外形像鹰，脚趾结构像猫头鹰一样，DNA系统发育分析又偏向鹳形目，所以直到2013年《世界鸟类名录》中才把它归到鹰形目，并为它单独设立了一个鹗科。鹗和猫头鹰是仅有的外趾可逆的猛禽，这使它们能变成前后各两个脚趾，对于抓住猎物更为有效，尤其是对付滑溜溜的鱼时。

　　中国古代对鹗也十分推崇，比如春秋时期著名的《诗经·国风》之《周南·关雎》篇中的"关关雎鸠，在河之洲，窈窕淑女，君子好逑"，其中的"雎鸠"据考证就是指鹗，以雌雄鹗之间的相互应答声"关关"来暗喻男女爱情；又将举目四顾形容为"鹗视"或者"鹗顾"；把推荐人才称为"鹗表"或"鹗荐"，汉朝末年的著名文学家孔融写的《荐祢衡表》中就曾用"鸷鸟累百，不如一鹗"来形容祢衡的才华出众。

　　青脚滨鹬　鸻形目丘鹬科的小型涉禽。嘴黑色，脚黄绿色，身体灰褐色，不太起眼，飞翔时翅膀上有明显的白色条带。栖息于沿海和内陆的湖泊、河流、沼泽湿地和农田地带，不喜欢裸露的岩石海岸。喜欢单独或成小群活动，迁徙期间有时亦集成大群。性格胆小，受惊时常蹲伏于地，但飞行能力强，受威胁时能迅速地、几乎垂直地起飞升空。常在水边滩涂、田埂或浅水处边走边觅食，主要以昆虫、蠕虫、甲壳类和环节动物为食。在华南地区为冬候鸟，属于国家"三有"保护动物。

红嘴鸥　鸻形目鸥科的中型游禽。俗称"水鸽子"，体形和毛色都与鸽子十分相似。栖息于低海拔地区的湖泊、河流、水库、鱼塘及海滨和沿海沼泽地带。平时成小群活动，冬季常集成近百只的大群，或和其他海洋鸟类混群。喜欢在水面上空像燕鸥那样盘旋飞行，休息时多站在水边岩石或沙滩上，也经常漂浮于水面休息。主要以鱼虾、水生昆虫、甲壳类、软体动物等为食。红嘴鸥在华南地区为冬候鸟，在东北地区为夏候鸟。红嘴鸥的性格相对温驯，在有些地区和人类相处得很好，因此人们会经常投喂红嘴鸥。红嘴鸥的平均寿命为32年，在鸟类中算是比较长寿的。属于国家"三有"保护动物。

斑鱼狗　佛法僧目翠鸟科的中型攀禽。虽然它的名字叫"鱼"又叫"狗"，但其实是一种翠鸟。喜欢成对或结群栖息在河流、湖泊等开阔的水域岸边，特别是水边或露出水面的树枝、岩石上。没事就盘桓在水面低空飞翔，同时注视着水中动静，一见鱼群，立刻收敛双翅，像战斗机一样俯冲下去，一头扎入水中，然后又带着猎物疾速升空。食物以小鱼为主，兼吃甲壳类和水生昆虫。斑鱼狗喜欢住在水域岸边的峭壁上，而不是树上。它们会用细长的鸟喙在垂直的土质峭壁上啄泥挖洞，

而且洞里边还有不同的功能区域划分，像人类的住房一样，分为日常生活的"厅堂"和专为繁育后代的"育儿室"，十分考究。

　　黄鹡鸰　雀形目鹡鸰科的一种胸腹部黄色、头顶灰色的小型鸣禽。栖息于溪流、河谷、田野、湖畔等地。多成对或成小群活动，迁徙期亦见数十只的大群。喜欢停栖在河边或河心石头上，不停地上下摆动尾巴，有时也喜欢沿着水边来回不停地走动。飞行时两翅一展一收，呈波浪式飞行，而且边飞边叫，发出"唧、唧"的声音。主要以昆虫为食，多在地上捕食，有时也会在空中飞行捕食。属于国家"三有"保护动物。

　　灰喜鹊　与喜鹊一样都属于雀形目鸦科的中型鸣禽，叫声十分相似，但二者也存在很大的区别。喜鹊是黑白两色的，而灰喜鹊的翅膀和尾巴是灰蓝色的，头黑腹白，给人一种清雅脱俗的感觉，经常被人们当作观赏鸟；喜鹊在地上多步行，而灰喜鹊则像麻雀一样跳行，很少走步。灰喜鹊主要栖息于次生林和人工林内，多见于田边、地头、路边、公园和村落附近的小片树林内。除繁殖期成对活动外，其他季节多成小群活动。它们性格活泼，经常在丛林间跳上跳下或飞来飞去，从不在一个地方久留。一遇惊扰，就迅速散开，然后通过叫声联系又重新聚集在一起。

　　灰喜鹊是最有人性的鸟类之一，如果它们的同类死去了，同伴们会在死去的灰喜鹊周围低飞盘旋，做最后的哀悼。灰喜鹊也是最亲人的鸟类之一，它们喜欢与人类做伴，常常活动在人类附近，家养的灰喜鹊更是黏人，不会出走。它们与人类的这种亲密关系，也使得人们越发喜欢它们，和喜鹊一样被人们视为吉祥之鸟，可以带来幸运。灰喜鹊是中国最著名的农林益鸟之一，被称为"森林卫士"，它们能够大量捕食30多种害虫。据统计，每只灰喜鹊每年能吃掉15000多条松毛虫，3天内吃掉的松毛虫几乎等于它自身的体重。鉴于灰喜鹊超强的捕虫能力，很多地方直接人工驯养它们当作"灭虫鸟"。但近几十年来，由于农药和化肥的大量使用以及环境污染等因素，灰喜鹊的种群数量急剧减少，已被列入国家"三有"保护动物，一些地区甚至将其列为地方重点保护鸟类。

灰喜鹊

小寒·观鸟

紅
脚
隼
·
橘
樹

时间：2023 年 1 月 20 日

地点：广州市石门国家森林公园

天气：晴，15℃

左图　红脚隼

大寒 · 观鸟

大寒

是二十四节气中的最后一个节气，也是冬季的最后一个节气，于每年公历1月20日至21日交节。这个气节处在三九、四九时段，是一年中最寒冷的时期。南朝的《三礼义宗》记载："大寒为中者，上形于小寒，寒气之逆极，故谓大寒。"民间也有"三九四九冻死黄狗"的说法，可见大寒的寒冷有多厉害。大寒，其实就是天气寒冷到极点的意思，同时也是否极泰来，春回大地的前夜。大寒一过就到了二十四节气之首的立春，即迎来新一年的轮回。

作为二十四节气的压轴角色，大寒虽处于腊月的农闲时节，但却是一年中最忙的节气之一。因为自古就有"大寒迎年"的风俗，家家户户都在为过年忙碌，在古代民间形成了一系列的风俗活动，比如食糯、纵饮、喝粥、做牙祭、扫尘、糊窗、蒸供、腊味、赶婚、赶集、洗浴等。虽然各地风俗不尽相同，但主题基本上是围绕腊祭和春节展开的，其中一些风俗至今尚存，比如喝腊八粥、腌制腊味、置办年货、大扫除、贴春联、开年会等，可见大寒有多热闹，与寒冷的天气形成了鲜明的对比。

俗话说："花木管时令，鸟鸣报农时。"古人在节气的基础上总结出了花草树木、鸟兽飞禽的活动规律，当作区分时令节气的重要标志，形成了"七十二候"以指导人们的生产和生活活动。大寒的三候为："一候鸡始乳；二候征鸟厉疾；三候水泽腹坚。"意思是大寒一候的时候，鸡会提前感知到春天的阳气，开始孵小鸡；二候的时候，"征鸟"也就是老鹰，因为天气寒冷，需要更多的食物和能量来抵御严寒，所以会变本加厉地凶狠捕猎；三候的时候，水面的冰会一直冻到湖中央，形成完全厚实的冰层，足见气候的寒冷。

同样，古人在《咏廿四气诗》中也详细记录了每个节气的气候和物候的变化规律，可以对照参考。

咏廿四气诗·大寒十二月中

[唐]元稹

腊酒自盈樽，金炉兽炭温。

大寒宜近火，无事莫开门。

冬与春交替，星周月讵存？

明朝换新律，梅柳待阳春。

　　诗词大意是，腊月里酿制的新酒，带有冬的冷冽，韵味十足，自然要倒满酒杯，就着金色暖炉中那些温暖精致的兽形炭火，好好品鉴一番。正如元稹的知己好友白居易的名句"绿蚁新醅酒，红泥小火炉"说的那样，没有比在这种寒冬腊月、辞旧迎新之际小酌一杯更美好的事情了。因为大寒时节实在太冷，最舒服的事情莫过于围着火炉、喝着小酒，如果没有什么特别重要的事情，最好连门都不要出，好好享受这一年终了时难得的放松机会。过了这个时候，冬天与春日就要交替，星宿也将开始一个新的周期。届时，不但旧符换新颜，国家也会颁布新的法律法规，一切都将重来，四季更替，万物轮回，梅花和柳树也将迎来久违的温暖春光。所以尽管寒冷，可又有什么好怕的呢？寒冷中蕴藏的生机与活力，自然会在沉寂中萌发，带我们开启新的旅程。

　　可见，大寒在古人眼里，其实是个喜气洋洋、充满希望的节气。今年的大寒又刚好在小年夜，节日气氛越发浓重，我们忙里偷闲，来到广州市石门国家森林公园给小鸟们提前拜年。这里有广州地区面积最大也最原始的森林，最高峰天堂顶海拔1210米，瀑布、山泉、天池、花海应有尽有，可谓鸟类的天堂。

　　请跟随我的脚步，来看看这一次的收获。

　　白眉山鹧鸪　鸡形目雉科的中型陆禽。又称白额山鹧鸪，中国特有鸟类，也是全球濒危物种。它的分布范围比较狭窄，仅分布在中国福建、广东、广西等东南沿海地区。喜欢生活在茂密的山地丛林中，白天在地面活动，晚上在树上休息，叫声悠长婉转。当遇到危险时，白眉山

大寒·观鸟

鹧鸪会迅速起飞，但是飞不远又会落回灌木草丛中。主要以橡子、浆果等植物果实和种子为食。白眉山鹧鸪是鸡形目雉科的鸟类，理论上也属于一种鸡，所以大寒"一候鸡始乳"的现象，不知道是否也会发生在白眉山鹧鸪身上。其实鹧鸪自古就家喻户晓，与杜鹃、鸳鸯、燕子、鸿雁等齐名，皆为古人诗词所宠爱，是离愁、伤感的代表。此外，据宋代《太平广记》记载："鹧鸪，吴楚之野悉有。岭南偏多此鸟。肉白而脆，远处胜鸡雉，能解冶葛并菌毒。"所以鹧鸪还是传统药材和滋补佳品，更收录于满汉八珍之中。白眉山鹧鸪也就因此成为南方各省的传统野味，曾经被大量猎杀，再加上该物种的巢、卵容易被啮齿动物等天敌破坏，所以种群数量稀少，已被列入国家二级重点保护野生动物。

白眉山鹧鸪

　　丘鹬　鸻形目丘鹬科的中型涉禽。这是一种神秘的夜行性森林鸟，白天常隐伏在密林或草丛中，黄昏和夜晚才飞至附近的湖畔、河边、稻田和沼泽地上觅食。而且全身具有保护色，站在落叶堆里很难识别，所以种群数量虽然不算太少，但是通常难以在野外观察到。丘鹬性格孤僻，常单独生活，不喜集群，也很少鸣叫。觅食时喜欢用长嘴啄食或插入潮湿的泥土中，并摆动头部，探觅蠕虫、蚯蚓、昆虫等，有时也吃一些植物的根、浆果和种子。丘鹬虽是冬候鸟，但飞行能力弱，弱到什么地步呢？打个比方说，通常情况下，候鸟的飞行能力都很强，而且飞行速度也很快，比如常见的麻雀都有50千米每小时的飞行速度，家燕的飞行速度甚至能达到80千米每小时。但是，丘鹬的飞行速度只有8千米每小时，在其他鸟类面前就像蜗牛一般。这是因为丘鹬的翅膀短，翼展只有体长的一半左右，好在体格比较健壮，能够长时间飞行，偶尔也能创造龟兔赛跑的奇迹。

丘鹬不只飞行慢，走路姿势更是搞笑。它们走起路来像在跳舞，走一步都要反反复复前后摆动好几次身体，好像每块路面都是陷阱。曾经有人拍摄过丘鹬过马路的场景，窄窄的一条马路，丘鹬可能要比乌龟花更多的时间才能穿过去，慢得让人揪心。那么，丘鹬为什么会有如此奇特的走路姿势呢？科学家们至今也没有确切的解释，只给出两种"假说"：一种叫"小心假说"，猜测由于丘鹬经常出没于沼泽、滩涂等地，一不小心就有陷入泥潭的危险，所以在漫长的进化过程中，演化出了每一步都反复试探前方地面是否安全的行为；另一种叫"捕食假说"，就是说丘鹬为了捕食潜藏在泥土中的昆虫或蠕虫，反复用脚按压泥土表面，迫使虫子受惊跑出来。至于真相，恐怕就只有丘鹬自己知道了。

丘鹬

　　游隼　是一种体形比较大的隼类猛禽，虽然在世界各地分布广泛，但并不常见，是阿拉伯联合酋长国和安哥拉的国鸟，也是我国的国家二级重点保护野生动物。主要栖息于山地、丘陵、荒漠、草原、海岸、沼泽、河流与湖泊沿岸等地带，有时也到开阔的农田和村落附近活动。多单独或成对活动，性情凶猛，即使碰到比它体形大很多的金雕等猛禽，也敢于进行攻击。游隼是当之无愧的空战专家，喜欢在空中飞翔巡猎，捕食飞行中的鸟类、蝙蝠和大型昆虫。一旦发现猎物，它们首先快速升空，占领制高点，然后收折双翅，以每秒百米的速度，从高空近乎垂直地俯冲而下，利用冲击力和锋利的脚爪猛力击打或抓取猎物，猎物通常非死即伤。

游隼

游隼·松树

　　游隼虽然不是飞行最快的鸟类，但一定是俯冲最快的鸟类，据报道最高时速可达到300多千米。而且游隼的俯冲捕猎本领还不是天生的，属于罕见的需要亲鸟传授的捕食技能。由于游隼超强的捕食能力，所以食谱也非常宽泛，小到昆虫、蝙蝠和雀鸟，大到鸠鸽、鸦类、海鸥、野鸡、野鸭，甚至鹅和苍鹭都逃不过它们的魔掌。所以大寒"二候征鸟厉疾"中的"征鸟"恐怕指的就是游隼这样的猛禽，凶狠异常。也正因为如此，游隼自古被训练成名贵的猎鹰，深受驯鹰师们的喜爱。然而，由于农药泛滥，造成游隼在19世纪末的美国因不孕不育几乎濒临绝迹，经过近一个世纪的拯救和保护，如今才得以恢复。

怀氏虎鸫 雀形目鸫科的中型鸣禽。大小跟"百舌鸟"乌鸫差不多，全身密布黑色、褐色、金色的鱼鳞状斑纹，酷似虎纹，故得名"虎鸫"。怀氏虎鸫虽非稀有鸟类，但在广州不是很常见。作为地鸫属的鸟类，它们虽然看起来威风凛凛，但是一点也不凶猛，只喜欢在地面刨食。由于其羽色跟秋冬季铺满落叶的地面很接近，起到很好的保护色作用，因此不易被发现。每逢深秋，它们喜欢在树林的落叶堆里觅食，往往只听见"窸窸窣窣"的声音，却不见其影踪。有时，怀氏虎鸫突然不知从哪个角落蹿出来，喙左右甩动，弄得落叶乱飞，然后使劲一啄，就叼住一条蚯蚓一口吞下。那狼吞虎咽的样子，怎么看都没有一点披着虎皮的王者风范。

中华攀雀　雀形目攀雀科的一种体形娇小的攀禽，却拥有一个非常霸气的名字。雄鸟拥有一副漂亮的黑眼罩，看起来比较帅气。主要栖息于靠近河流、湖泊等水域的树林内，迁徙期间也出没于芦苇丛中。除繁殖期单独或成对活动外，其他季节多成群活动。性格活泼、好动，常在树丛间或树枝间飞腾、跳跃，有时也喜欢倒悬在枝端荡来荡去。属于食虫益鸟，爱吃昆虫，尤其是繁殖期间，几乎全吃昆虫，冬季则吃一些杂草种子、浆果等。

中华攀雀是鸟类著名的建筑大师！它们的巢像精心编织的吊篮，不光做工精致，而且柔软舒适，就像一件精美的艺术作品。它们会在树上寻找一个"人"字形树杈，然后收集杨柳絮、棉絮、羊毛等材料，用脚爪和嘴合作将其拉伸成长纤维，就像人类纺线一样。随后再利用自己高超的攀援技巧，像杂技一样嘴衔丝线在树枝上"翻单杠"缠绕，或在两根树杈间拉起一条"钢索"，最终形成一个以树枝为提把的精美吊篮。令人费解的是，虽然中华攀雀在筑巢时严谨负责，但存在性别冲突（sexual conflict）现象，即雄鸟和雌鸟会在对子代的照顾上斤斤计较，双方都想让另一半在育雏上付出更多的精力以缓解自身的育雏压力，尤其以雄性弃巢的现象占大多数，留下雌性单独哺育后代，有时甚至会导致鸟蛋冻死巢中，令人唏嘘。

中华攀雀

北红尾鸲　雀形目鹟科的小型鸣禽。顾名思义就是北方来的红尾巴小鸟，"鸲"在字典里的意思就是指"体小、尾长、嘴短而尖、羽毛美丽的小鸟"。这是一种家乡在北方的冬候鸟，喜欢站在枝头，上下摆动橘红色的尾羽，有时还会做出点头的动作，好像在亲切地和人打招呼。它们行动敏捷，常在灌丛间跳来跳去，寻找蝶类、蛾类和蝗虫的幼虫为食。北红尾鸲不甚怕人，非常喜欢在居民点附近的林地、公园栖息。

如果说中华攀雀是建筑大师，那么北红尾鸲就是创意营巢艺术家。虽然手艺没有中华攀雀好，但它们的营巢环境多种多样。除了人类建筑的墙壁破洞、缝隙、屋檐、顶棚、阁楼等，还营巢于柴垛、树洞、岩洞、树根和土坎的坑穴中，甚至还有很多出人意料的地方，比如配电箱、信箱等，真不知道这个小脑袋是怎么想的。

北红尾鸲

红嘴相思鸟　雀形目噪鹛科的小型鸣禽。具有明显的红嘴和艳丽的羽色，为我国著名的观赏笼鸟，也是国家二级重点保护野生动物，有

"爱情鸟"之称。红嘴相思鸟表面上属于在华中和华南地区广泛分布的留鸟，但其实是海拔迁徙的漂鸟，繁殖期和冬季分别在同一地区不同海拔高度的山地和平原之间迁徙。常栖居于常绿阔叶林、混交林、竹林和灌丛中，除繁殖期间成对或单独活动外，其他季节多成小群，有时亦和其他小鸟混群活动。性格大胆、活泼、不怕人，多在树上或灌木间跳跃飞纵，捕食昆虫。善鸣叫，声脆响亮、婉转动听。

由于红嘴相思鸟雌雄鸟之间常常形影不离，被视为忠贞爱情的象征，它们不仅是古代婚庆活动的馈赠礼物，也是历代诗人和画家喜欢描绘的对象。白居易有诗曰"在天愿作比翼鸟，在地愿为连理枝"，诗句中的"比翼鸟"在现实中应该就是红嘴相思鸟吧。在中国传统花鸟画中，经常可以看到红嘴相思鸟的倩影，如北宋著名花鸟画家赵昌的《四喜图》、明代画家边文进的《三友百禽》图轴等。

红嘴相思鸟

黑尾蜡嘴雀 雀形目燕雀科的中小型鸣禽。又称"蜡嘴"，是一种体形略大而敦实的雀鸟，长有一张粗而短、蜡黄色的圆锥状嘴巴，十分具有辨识度。因为形象憨态可掬，非常惹人喜爱，是中国传统笼养鸟种。喜欢栖息于次生林、人工林、果园、城市公园以及农田边和庭院中的树上。繁殖期间常单独或成对活动，非繁殖期多成群活动。属于树栖性鸟类，常在树冠层的枝叶间跳跃，或从一棵树飞至另一棵树，寻觅植物的果实、种子、嫩芽和昆虫为食。性格大胆活泼，不太怕人，但较少鸣叫。民间有"蜡嘴儿开声，气死百灵"的说法，因为蜡嘴鸟平常不怎么开口，一旦开口，叫声比百灵鸟还要悦耳动听，不过想要听到它们的叫声就要看运气了，真是典型的"不鸣则已，一鸣惊人"。

在驯养方面，黑尾蜡嘴雀又分为北方种和南方种，北方种身体相对较小，嘴巴也细一点，叫声更好听。其中有个极其珍贵罕见的品种称为玉嘴黑尾蜡嘴雀，又叫"玉嘴"，因嘴部颜色如白玉而得名，该鸟在野外极其少见，叫声特别好听。黑尾蜡嘴雀在华南地区为冬候鸟，由于非法鸟类贸易和驯养对黑尾蜡嘴雀的野外种群造成了比较大的破坏，已被列入国家"三有"保护动物。

黑尾蜡嘴雀

后记

为期一年的节气观鸟终于到了尾声，其间经历了在野外经受寒风、酷热、暴雨、烈日的轮番考验，也经历了疫情封控时足不出户的焦躁和无奈，更经历了全身酸痛、头脑空白的感染体验，可谓困难重重，几乎想要放弃。可每当看到一只只小鸟欢快的身影、明净的眼神、天作的花纹、完美的羽色，我便忘记所有的烦恼，只剩对大自然造物的赞叹和喜爱。

正如鸟类学家郑作新院士所说的那样："不要在失去的时候方做寻觅，不要在濒危的时候始盼希望，更不要在绝灭的时候徒然嗟叹。"我们在欣赏鸟类美好，感叹自然神奇的同时，也要承担起保护鸟类的重任，更要树立保护生态环境的意识。地球只有一个，就算有其他的宜居星球，人类也无法轻易横渡浩瀚的宇宙，与其寄望于星际迁移，不如先保护好自己的家园。

不是所有的事物都能像节气一样周而复始，不要在错过的时候捶胸顿足，不要在失去的时候后悔万分。

内 容 提 要

在野外观鸟是一件无比快乐的事情。本书作者在对广州地区鸟类长达五年的调研和观察基础上，针对二十四节气的城市常见鸟类、重点保护鸟类、候鸟、益鸟等进行了详细的记录，旨在探索四季更替、节气流转下的鸟类分布、习性、特征、栖息环境等的变化规律。并在此基础上，结合中国古代传统节气文化、农耕文化与鸟类的关系，挖掘传统文化中人与动物、人与自然和谐相处、协同发展的美好场景和宝贵经验，为普及鸟类保护、动物保护的知识，为践行低碳可持续发展的理念，提供新的视角。

本书适于观鸟初学者使用，也适合广大教师、家长指导青少年开展户外科学教育活动。

图书在版编目（CIP）数据

二十四节气观鸟笔记 / 刘名修著 . — 北京：中国
石化出版社，2023.10
ISBN 978-7-5114-7284-7

Ⅰ . ①二… Ⅱ . ①刘… Ⅲ . ①鸟类－普及读物 Ⅳ .
① Q959.7-49

中国国家版本馆 CIP 数据核字（2023）第 194823 号

中国石化出版社出版发行
地址：北京市东城区安定门外大街58号
邮编：100011 电话：（010）57512500
发行部电话：（010）57512575
http://www.sinopec-press.com
E-mail：press@sinopec.com
北京科信印刷有限公司印刷
全国各地新华书店经销
*
710毫米×1000毫米 16开本 16印张 180千字
2023年11月第1版 2023年11月第1次印刷
定价：88.00元